中国古代山水游记菁录

明卷：芙蓉十里如锦

石孝义 编著

哈尔滨出版社
HARBIN PUBLISHING HOUSE

图书在版编目（CIP）数据

中国古代山水游记菁录.明卷：芙蓉十里如锦 / 石孝义编著. -- 哈尔滨：哈尔滨出版社，2021.3
ISBN 978-7-5484-5649-0

Ⅰ.①中… Ⅱ.①石… Ⅲ.①游记-作品集-中国-明代 Ⅳ.①I26

中国版本图书馆CIP数据核字(2020)第210779号

书　　名	中国古代山水游记菁录．明卷：芙蓉十里如锦 ZHONGGUO GUDAI SHANSHUI YOUJI JINGLU. MING JUAN:FURONG SHILI RU JIN
作　　者	石孝义　编著
责任编辑	赵宏佳　尉晓敏
责任审校	李　战
特约编辑	李　路　张逸尘
装帧设计	秦　强
出版发行	哈尔滨出版社（Harbin Publishing House）
社　　址	哈尔滨市香坊区泰山路82-9号　邮编：150090
经　　销	全国新华书店
印　　刷	三河市华晨印务有限公司
网　　址	www.hrbcbs.com　www.mifengniao.com
E-mail	hrbcbs@yeah.net
编辑版权热线	（0451）87900271　87900272
销售热线	（0451）87900202　87900203
开　　本	660mm×960mm　1/16　印张：15　字数：175千字
版　　次	2021年3月第1版
印　　次	2021年3月第1次印刷
书　　号	ISBN 978-7-5484-5649-0
定　　价	69.80元

凡购本社图书发现印装错误，请与本社印制部联系调换。
服务热线：（0451）87900278

序

　　先秦至两汉,从严格意义上讲,独立、完整的游记作品应当还没有出现。当时因为生产力低下,人类征服自然的能力很微弱,所以名山大川便被人为地披上了一件神灵的外衣,当时华夏大地的名山大河均成为天帝神祇的化身,于是人类臣服于斯,膜拜于斯。大自然对于人类来说始终蒙着一层神秘的面纱,携有一股强大的威慑力。古代先民对自然山水始终抱有一种仰慕而崇拜的心理,所以这时才会产生像《山海经》那样荒诞、离奇、怪异的山川记述。有人说这是中国古代山水游记的源头,这种说法无疑有些牵强,因为《山海经》中有关山川湖海的记载虽然很多,但大多为无稽之谈,正像清人所纂《四库全书》中说:"侈谈神怪,百无一真,是直小说之祖耳。"

　　先秦时期,比较客观纪实的地理方志类的著作,还有《尚书·禹贡》《史记·河渠书》《汉书·地理志》《汉书·沟洫志》等,但在这些著作中,一般多为水道流向、农田水利、州郡辖属、民情风俗的官文记载,其中地理方志类的文字记载的意味要远胜于山川形貌的文学描写。从思想文化史的角度看,先秦时期诸子的著述主要是有关社会政治、道德修养、哲学思辨性质的学术文章,其中偶有提到山水一类的文字也不过是意在借喻说理，或附着于哲学思辨之中作为比喻的手段出现，并非单独以山水之美或山水之游为目的的写作。也就是说，在当时人们还没有有意识地、刻意地去描摹山水的自然形态，也不懂得将山水视为人类游乐的对象加以歌颂赞美。因此，在先秦诸子的文章著述中还没有清晰的山水游记的影踪出现。

当历史进入到两汉时期，一种新的文体"赋"出现了，并且在相当一段时间内大放异彩。在两汉的文赋中，已经开始出现成段山水文字的描写。如汉赋大家枚乘在《七发·观涛》中，有一段对江涛的细致刻画描写。从开始，到少进，到波涌，阶次递进，文中描写与比喻相结合，形象而又贴切。但枚乘写观涛不是专门为了表现观涛，而是借赋中假托的吴客，由他分述音乐、饮食、车马、游宴、田猎、观涛等六件事的乐趣，由静而动，由近及远，一步步地启发楚太子，诱导他逐渐改变自己的生活方式。再如，司马相如在《子虚赋》《上林赋》中也出现了专门写山的描写，但司马相如写山水土石的目的也不是为了欣赏和表现它们，而是借描写山水土石的名贵，表现云梦的盛况。

在山水游记史上，真正意义上的具有相对完整性的游记作品的出现，当数东汉马第伯的《封禅仪记》。《封禅仪记》在中国文学史上第一次用散文化的语言，真实、具体、形象地描写出了东岳泰山的雄伟风貌。《封禅仪记》的这种开创性的山景描写具有重大意义。它从实践上突破了古人对名山大川的单纯的宗教式的崇拜，开始有意识地记录人类对自然美的欣赏。但从严格意义上说，这篇作品也算不上一篇完整的游记作品，正如王立群教授所说的："显而易见，马第伯的《封禅仪记》还不是我们今天所说的具有文体意义的山水游记,它只是汉代封禅大典的真实记述。从《封禅仪记》的写作目的、行文重点——对泰山封禅全过程的详细记述中都可以看出来。但是,它的出现却标志着中国古代山水审美意识继孔子'比德'学说之后,首先在实践上对自然神秘论做出了一次重大的突破。"但即便如此,《封禅仪记》在我国古代游记散文史中也完全能称得上是具有开创意义的一篇作品。

两汉时期,尚没有完全独立成篇的游记作品面世,所以说这个时期还属于游记萌芽时期。"庄老告退,而山水方滋"(《文心雕龙·明诗》)。随后到来的魏晋南北朝时期,是南北文化大融合、大交流的时期。这一时期,有学者认为是古代山水游记正式开始形成的阶段。但这一时期,游记出现的形式主要还是诗序、书札等。其中以诗序形式出现的游记有东晋僧人慧远的《庐山诸道人游石门诗序》、书圣王羲之的《兰亭集序》。东晋隆安四年仲春,慧远与住庐山的众道人同游石门,众道人先后赋诗纪游,慧远则作了诗序,这篇诗序是专门为这次游记所作的序。全篇凡写景状物无不形象生动,文辞典雅,文句为近骈文形式,文末因景而引发议论,颇带有晋代特有的玄谈气味。王羲之的《兰亭集序》,同样是一篇"序言式"的游记名篇。其中以书札形式出现,且比较著名的游记作品有鲍照的《登大雷岸与妹书》、陶弘景的《答谢中书书》、吴均的《与朱元思书》《与顾章书》、祖鸿勋的《与阳休之书》等,这些都是这一时期具有代表性的作品。在《登大雷岸与妹书》中,那高耸峥嵘的雄山峻岭,那幽深广漠的深林暮野,那烟波浩渺的浩瀚长江,那渔舟沙渚、雁翔鹤鸣的水泽洪波……作者全都一一细致描摹得如一幅酣畅淋漓的水墨画卷,使人读后如身临其境。《与朱元思书》中那沉影凝碧的"异水",那比高竞远的"高山",那泉水声、鸟鸣声、蝉噪声、猿啼声,在高岩深谷中传出的清幽的音响,都一一扣动心弦,引人遐想。这两篇游记虽然在写景上都有极为逼真的写实铺陈,但在表现手法上还处于山水游记的初级阶段,其大量篇幅还只是客观地描山摹水,没有注入太多作者的个人情感、思想、议论等因素进去,没有明显的作者的个人审美情趣在里面。

在鲍照、吴均之后,代之而出的游记名篇当数郦道元的《水经注》。这部作品既是一部地理专著,又是一本出色的散文集,应当说这部著作是游记发展史上一部里程碑式的作品,它代表了这一时期游记文学的最高成就,它虽是作者为前人的地理书所作的注释,但其中因水写山、缘地记事,描绘山川景物、风土人情与名胜古迹的文字,文学价值极高。刘熙载在《艺概》中指出,"郦道元叙山水,峻洁层深",可以说郦道元的《水经注》的出现,为后来柳宗元的山水游记做了一个先导。

还有一个必须提及的问题,就是晋宋时期出现的所谓"地记",亦是这一时期游记散文发展的亮点。地记也可称山水记,是专记一山一水的山水散文。其与山水游记的本质区别是,略去游踪而专记述山水景物,它是以空间为线索组织成篇。晋宋"地记",包括东晋袁山松写的《宜都记》和刘宋时盛弘之写的《荆州记》等作品。东晋人袁山松所著的《宜都记》,描叙三峡风光,这篇作品是依靠《水经注》的结集才得以保存下来。文中写景十分简练,抒情味道很浓,借古事抒发个人的情怀。钱锺书先生曾赞誉这篇文章是"山水记由附庸蔚成大国的标志"。《荆州记》则主要是记载荆州与古代楚国的地貌及其变迁,以及各地的乡情、盛物、人事典故、名胜景点等。《宜都记》《荆州记》，其中都有专门描写山水的文字，说这两篇文章是山水散文的雏形应当不为过，但如果说它就是独立成篇的山水文则略有不妥，因为，这两篇文章确实只是一些山水的片断记叙而已。概而论之，《宜都记》《荆州记》和南北朝时期所有记叙山水的文字一样，它们对古代山水游记散文体例的最后形成起到了某种借鉴作用，这一点还是可以肯定的。

唐代是山水游记散文定型阶段。唐朝在政治上实行招贤纳士的方针，从而推动了文化上的大繁荣、大发展。这一时期的文人学士，他们的文章多与现实结合，并注重抒发个人感受。在文法上，一直到中唐的开元盛世为止，初唐时期的文坛，大体仍旧沿用南朝以来一直盛行的流于对偶、声律、典故、词藻等形式的骈文形式。唐玄宗天宝年间至中唐前期，萧颖士、李华、元结、独孤及、梁肃等人，曾经先后提出"宗经明道"的文学主张，并鼓励使用散体作文，这些人最终成为"古文运动"的先驱。韩愈、柳宗元则在此基础上，进一步提出了一套完整的古文理论，提出恢复先秦两汉散文质朴自由的特质，以散行单句为主，不受格式拘束，为文以反映现实生活、表达思想为核心的文风。为此，他们写出了数量相当的优秀古文作品，当时有一大批学生与学者追随、响应，终于在文坛上形成了声势浩大的"古文运动"，把古代散文的发展推向了一个新的阶段。正是在"古文运动"的推动下，山水游记也有了一个长足的发展。这时的山水游记无论是思想内容，还是艺术技巧，乃至于语言修辞、文章体例，都逐渐成熟起来。它最突出的特点，是突破了前期山水游记仅限于叙述、描写的格局，在文章中注入了抒情、寄托和议论的成分。这一特点实是从元结的《右溪记》开始，但最终成熟圆满于柳宗元笔下。

　　元结的文章注重描写和抒情，使主体的人和客体的景达到完美的融合，他的游记名篇《右溪记》，记述了道州城郊一条小溪的秀美景色，文中他以细腻的笔触描绘出右溪的清新秀丽，并且在写景中寄寓自己怀才不遇的身世感叹。元结的这种以景寄情的游记创作手法对唐代以后的游记创作产生了深远的影响。清末古文家吴汝纶评价元结："次山（元结）放恣山水，实开子厚（柳宗元）先声，文字幽眇芳洁，亦能自成境趣。"柳宗元，字子厚，唐宋八大家之一，年轻时才高气盛，贞元二十一年（805），出任礼部员外郎，参与王叔文等人的政治革新。不久，永贞革新失败，领导革新的王叔文等人被罢黜，柳宗元也因此被贬为永州司马。在谪居永州期间，柳宗元寄情山水，留下了一系列的游记佳作，其中于元和四年（809），发现并记下西山、钴鉧潭、钴鉧潭西小丘、小石潭等佳景。于元和七年（812），发现袁家渴、石渠、石涧、小石城山，前后共计八处山水佳境，于是结集成《永州八记》。《永州八记》是古代游记散文中的一块烁烁放光的丰碑，标志着古代游记散文的最高成就。也正是自《永州八记》之后，真正意义上的独立成篇的游记形式才出现，并在此后的一千多年的古代散文发展中，分离出一支庞大的文学分支，并蔚然成观！《永州八记》基本采用的视角是移步换位法，也即是按"游踪"依空间的转换，对景物进行描摹。柳氏笔法工于写实，极尽精雕细刻之能事，刘熙载在《艺概·文概》中说柳宗元："记山水……无不形容尽致。"如《至小丘西小石潭记》在写见到小潭前，作者的行踪、听觉、心境及行道，都层层进行描摹，使读者读来一目了然。写小潭的"水尤清冽"，从"全石以为底"等侧面加以描绘；

写岸边,是用"青树翠蔓,参差披拂"来形容。这样,从潭外到潭内,再到潭上、潭的四周,一一描绘得井然有序、清晰在目。本篇中写潭水、游鱼最为精彩:"潭中鱼可百许头,皆若空游无所依。日光下澈,影布石上,佁然不动,俶尔远逝,往来翕忽,似与游者相乐。"作者在这里写潭水,竟然无一字正面去写,全部用客体来反衬。使人读来,感觉鱼在水里游,就像在空中浮游一般,从而衬托出潭水的清澈。"日光下澈,影布石上",又表明潭水不单是清澈,而是透明到光影无遮的程度。总之,描景状物,在柳氏的笔下都以简峻适淡的笔法,不多加渲染和修饰,只是忠实地描写和揭示出山水、鱼石的形貌及其自然之美。总的来说柳宗元的山水游记不仅在文体意义上是独立成篇的山水游记,另外在山水形象的塑造、艺术手法的运用、意境的营造、思想感情的抒发、游踪次序的记写、散文语言的创新等诸多方面,都做出了自己独特的贡献。正是有了这些创造,山水游记才有可能作为一种独立文体而得到历史的认可。

唐代游记名家佳作成就比较突出的,还有韩愈的《燕喜亭记》《记宜城驿》,白居易的《三游洞序》《草堂记》等,数量虽然不多,但多为贬戍宦游期间的作品。如《燕喜亭记》为韩愈早年贬官阳山时所作。《记宜城驿》为晚年谪迁潮州途中所写。前者主要记述替友人筑亭取名之事,以此寄托自己身逢不遇的感慨,以激励自己坚守节操。后者叙述宜城驿、楚昭王庙的沿革和习俗,抒发自己对国家衰落、军阀割据的悲哀。白居易的《三游洞序》是在江州司马调任忠州刺史途中写下的,记述作者及弟弟白行简在路上巧遇好友元稹,并同游三游洞的过程。作者借这一胜景因偏僻不为人所知的感慨,抒发自己怀才不遇的遭际。《草堂记》则作于贬官江州司马期间,以记叙自己筑室庐山，并打算归隐草堂的心志，作者抑郁不平的心态溢于言外。

此外，唐代还有几部笔记体的长篇游记也值得注意，如玄奘的《大唐西域记》、李翱的《来南录》等。这类游记不以山水为主要描写对象，而是记叙长途旅行所见所闻，行文上较为简略，也缺乏文采，但为后来的《入蜀记》《徐霞客游记》这一类长篇游记开创了先河。

宋代是我国古代散文山水游记的巩固、发展阶段。这一时期创新更多，贡献更大。两宋三百年间，散文山水游记得到了空前的发展，几乎所有的文学大家都涉足于山水游记领域，并创作了大量文辞优美、情致动人的佳作。如欧阳修的《醉翁亭记》《丰乐亭记》、范仲淹的《岳阳楼记》、柳开的《游天平山记》、王安石的《游褒禅山记》、苏舜钦的《沧浪亭记》、曾巩的《游信州玉山小岩记》、苏轼的《赤壁赋》《后赤壁赋》《石钟山记》、陆游的《入蜀记》、苏辙的《黄州快哉亭记》、张缙的《游玉华山记》、范成大的《峨眉山行记》、王向的《游石笼记》、王质的《游东林山水记》等。甚至连大儒朱熹，也一反理学家的铁板面孔，写下了《百丈山记》这样真情流露的精彩篇章，表现出清新、愉悦之气。应当说，宋代是古代游记文学发展的一个高峰。

除去对景物细致的雕琢和寄寓景物于情感，这些唐代游记的突出特征外，宋人在游记中大量地融入议论、注入义理，成为宋代游记散文的一大特点。南宋严羽在《沧浪诗话·诗评》中说："本朝人尚理而病于意兴，唐人尚意兴而理在其中。"明代杨慎在《升庵诗话》里也说："唐人诗主情，去三百篇近，宋人诗主理，去三百篇却远矣。"直白地说，即：唐诗主情，宋诗主理，主情者以风神情韵见长，主理者则以思理意趣取胜。重情韵者往往含蓄，重思理者则较显露。例如，王安石的《游褒禅山记》、苏轼的《石钟山记》、苏辙的《黄州快哉亭记》都是说理性极强的佳作。王安石的《游褒禅山记》，并不以记游写景为重点，而是就作者入山探洞的事实发议论、谈个人感受。行文非常别致，不要说在唐代是没有的，就是宋代在王安石之前也是不多见的。苏轼的《石钟山记》也以议论取胜。文章首先以夹叙夹议的方式谈到石钟山命名的两桩疑案：对郦道元的说法，"人常疑之"；对李渤的做法，"余尤疑之"。于是，自己开始探究石钟山命名的由来。接着写作者"乘小舟至绝壁下"，身临其境进行实地考察，迎面千尺大石倾斜而立，如野兽、厉鬼，扑面而来。老鹰飞起，磔磔怪叫，鹳鹤边咳边笑，有如老人。文章用比喻和夸张渲染一种恐怖气氛。"余方心动欲还，而大声发于水上，噌吰如钟鼓不绝。"至此，发现了石钟的奥秘，从而阐明作者凡事须"目见耳闻"，不能凭主观"臆断其有无"的主张。叙事、描写、议论结合在一起，成为一篇传世之作。这类游记的结构大抵相同，都是先写"游"之所见所闻，后就所见所闻的某一点发表议论，阐明某一道理。这一类游记，虽有说理，但仍以"游"为基点，并不喧宾夺主，其中也不乏精细雄奇的写景文字。

宋代游记中，许多名篇佳作不仅以写景、叙事、抒情相结合见长，而且以议论与说理取胜。范仲淹的《岳阳楼记》由写景到抒情，发挥了对忧与乐的人生见解，抒发了自己"先天下之忧而忧，后天下之乐而乐"的博大胸襟，成为古代托物言志类散文的一篇千古绝唱。欧阳修是北宋文学革新运动的旗手，他的散文无论是写景状物，叙事怀思，都有极强的感染力与震撼力。他的《醉翁亭记》更是别开生面，妙笔生花，文中时而描山摹水、时而抒发情感、时而在山中宴饮、时而写林中鸟鸣，但通篇贯串的只有一个"乐"字。所谓山水之乐、人情之乐、禽兽之乐、宴游之乐。这一切都是由作者主观感受里生发出来的"游而乐"。作者行文委婉含蓄，形成了自己独特的深沉厚重、含而不露的艺术风格。王安石是北宋著名的思想家和政治改革家，他在文法上提倡文以致用和有补于世，写诗著文常常针砭时事，直抒议论。他的《游褒禅山记》便是一篇以议论见长的文章。在文中，借景物阐发哲理，倾吐胸怀，显示出作为一名政治改革家寄托深远、格调高峻的艺术风格。苏轼是北宋文学发展最高成就的代表，渊博的学识和丰富的人生阅历赋予了他在文学上敏锐的观察力和纵横驰骋的想象力，从而在创作上能够突破种种局限，自由地表达各种意境。在《赤壁赋》中，面对滔滔江水和清风明月，作者即景抒情，议论风生，并通过主客问答的方式，抒发了自己对宇宙人生变与不变的看法，表达出自己豁达明畅的胸怀，给人以举轻若重之感。他的《石钟山记》既可以看成是一篇优美闲适的游记散文，也可以看成是一篇亢奋激昂的议论文，他那随手点拨、即景议事的文学素养，实是令后人高山仰止、难以企及的。宋代的另一位大文学家陆游的山水游记虽然数量不多，但在写法上却颇有特色。以《入蜀记》来说，作者将写景、记事、抒情、考证融为一体，笔法随意，舒卷自如，形成了一种独特的山水游记风格。此外，范成大的《峨眉山行记》、周密的《观潮》、林景熙的《蜃说》，也都是脍炙人口的名篇佳作，各有其独特的艺术成就。

金元，在古代游记史上属沉寂期，这时期游记作品的数量不多，但在题材和内容上也有一些新的开拓。比较著名的有，李孝光的《大龙湫记》、杨维桢的《干山志》、萨都刺的《龙门记》、许有壬的《林虑记游》、虞集的《小孤山新修一柱峰亭记》、麻革的《游龙山记》等。虞集的《小孤山新修一柱峰亭记》属于题记体游记类型，作者在文中融情感于情景之中，将长江之中的小孤山以中流砥柱之喻来形容，赞扬李维肃修固一柱亭的当为必为、敢作敢为精神。麻革的《游龙山记》主要是记叙游览山西龙山的见闻与思感，惊叹于塞外名胜的雄奇，文章巧于构思，妙于写景，夹叙夹议，不失为元代游记中一篇精品。杨维桢的《干山志》记录了作者游览松江干山两日的游程，文中详叙了山中偶遇隐居方外之士的情景。在行文上，作者勾勒渲染，极为传神写意，生动地反映出元、明之际士大夫之间普遍存在的消极心绪。但金元时期更多的游记作品文学水平一般，虽然游踪拓宽了，文章篇幅有所增加，但思想上较之唐宋时期明显有些粗杂。金代诗人元好问的《东游略记》，记述了金亡之后作者陪同县令从冠氏到泰安的一路见闻，文中主要记录了如何考证古迹，记写寺庙，列举碑刻，内容翔实，文字质朴，这篇游记文学性稍差些，结构显得松散，行文拖沓，但可归属为考察性游记，以知识见长。许有壬的《林虑记游》，记录了游览河南林虑山的过程，文中访古观胜，按游踪记叙，不乏情趣，其中描写水帘部分，尤为壮观，但行文显得呆板，文章也稍显冗长。萨都刺《龙门记》叙述游览洛阳龙门石窟的过程，全文记叙具体，没有过多的形容，但讥讽佞佛，精辟严峻，可以说是传承宋代说理叙述的衣钵，但文中议论稍显过多。这类作品的涌现，反映着社会思想的动荡，也表明游记艺术渐陷困顿，徘徊不前的现状。

　　经过金元的短暂沉寂，明代出现了古代游记文学高度繁荣昌盛时期。然而明代初期游记散文仍旧遵循自唐宋代以来拟古、复古的文风而毫无创新发展，游记的形式则依旧徘徊于唐宋以来寄慨、说理、记游几种体例之间。虽然在一些作品中也能表现出作者的政治倾向，传达出独特的艺术风格，但是在思想和艺术上仍旧没有突破传统的束缚。如"明初诗文三大家"的宋濂和高启，他们在《游钟山记》《游灵岩记》中都是借游览山景以寄托元、明改朝换代之际，因弃世厌俗而发出的感慨，同时表现出名士的清高情怀。但宋濂描述名胜古迹的观感，风格含蓄婉转。高启则不多描述，笔端阳升暗贬，风格诡谲机智。同样作为"明初诗文三大家"的刘基的《松风阁记》作于元末，记述游宿浙东会稽山顶、古松荫下松风阁的观感体悟。全文议论风发，状物如神，语言清丽，风格明快。此外，还有薛瑄的《游龙门记》、乔宇的《恒山游记》和张居正的《游衡岳记》这几篇都属台阁体游记的上乘之作。这几篇游记记述游赏的景观全不一样，但在文中却都能恪守正统，布局严谨，气度庄重，文辞典雅，含蓄赞颂了帝王的功德，俨然具有大臣胸襟。程敏政的《夜渡两关记》在文中叙述两次夜行遇虎的遭遇，文中也是叙事议论相加。王世贞《张公洞记》描述游览道教洞天福地的过程，文中立意却是驱除仙佛神灵的迷雾，这些都是游记中因景说理的佳作。至于杨慎《游点苍山记》则是身遭贬谪后而作，于是为我们又留下了一篇南疆胜概的佳作。

　　从明神宗万历年间到明代灭亡，随着文学上反对拟古、复古思潮的涌现，公安派率先提出了"独抒性灵，不拘格套"的主张，强调文学作品创作个性化。竟陵派提倡"幽深孤峭"的风格，在文风上追随公安派讲求新奇的笔法，而桐城派则在创作中讲究"义法"，提倡义理，依然沿着复古的路线前行，但他们要求语言雅洁，反对俚俗。这诸多文学流派的出现，不仅使游记表现手法变得多样化，更为重要的是，游记散文有了一种突破传统束缚的发展趋势。作者把山水名胜视为个人的审美对象，表现个人的审美情趣，不仅有不苟流俗的清高格调，更有不拘封建传统束缚的自发倾向。以袁宏道及其兄袁宗道、弟袁中道三人为代表的公安派，是体现这一发展趋势的代表作家。从创作上说，他们反对矫揉造作，提倡自然之趣，在作品中将作者的真情实感如实地表达出来，他们不仅把每一处山水景物看作一个完整的艺术创造，而且能鉴定这一处山水的独到的艺术特征，总之在文学创作上，他们是以个性的解脱为前提，以自然景物为塑造对象，以自然美为审美趋向，以清新活泼、自然率真的笔触来抒写闲情逸致的游记散文作品。袁宏道在《游盘山记》中一开头便指出盘山的特点是"外骨而中肤"，然后"述其最者"，重点描述了盘山的泉水、悬空的石头和盘山顶上的美景和奇趣。他的游记很少有政治方面的寄托、历史的感慨，更多的是轻浅的闲适之语。他曾对天目山和尚说："天目山某等亦有些子分。"这种将自我融入大自然，俨然成为自然的一部分的闲适之心，实是超越古人的地方。袁中道在《上方》中行文如作山水画，而在行文中自然而然地流露出一股真情，颇得"性灵"之法。

  明人对游历山水的兴趣较之前朝明显提升。公安派旗手袁宏道曾坦言"余性疏脱，不耐羁锁，不幸犯东坡、半山之癖，每杜门一日，举身如坐热炉。以故虽霜天黑月，纷庞冗杂，意未尝一刻不在宾客山水"。而竟陵派的钟惺则在文章中借用他老师雷何思的话说："人生第一乐是朋友，第二乐是山水。"浙江山阴（今绍兴）人王思任，虽然不属于这两派之中，但他沉迷于山水的意趣却毫不逊色。汤显祖曾评价他："往来燕越间，起禹穴、吴山、江、海、淮、沂，东上岱宗，西迤太行，归乎神都，所游目，天下之股脊喉腮处也。英雄之所踵，美好之所铺，咸在矣。"王思任的游记散文在明代的游记史上是占有一定地位的，对于他的游记风格，明人陈继儒在《王季重游唤叙》中曾评价："王季重笔悍而神清，胆怒而眼俊，其游天台、雁荡诸山，时儒时壮，时嗔时喜，时笑时啼，时惊时怖，时呵时骂，时挺险而鬼，时蹈虚而仙。……大抵山川有眉目，借人而发；又无口，借人而言。"如《剡溪》这篇游记小品，文笔灵动犀利、描写率直、刻画细致、意趣诙谐，有其迥异于他人的独特之处。再看《小洋》一文，文章一开首便出语不凡：写山高，不直言其高，却说"天为山欺"；写水险，不写流水的湍急，却说"水求石放"；写行船之难，却不写激流险滩，只说"舟行一尺，水皆污也"；不用细加分析，这一串形象的形容，既出乎意料，又入乎情理，真正是"笔悍而胆怒，眼俊而舌尖"！更有妙者，文章接下来一段描写小洋一带自然景象的文字，真可谓"姿意描摹，尽情刻画"了，其色彩之斑斓，景象之奇妙，状物之传神，简直令人拍案。

晚明游记散文尤其以小品文最为出色。张岱的《陶庵梦忆》中便收录了不少精短的佳作。如《西湖七月半》，追忆明代杭州人七月半游西湖的习俗，勾画出达官贵人、名门闺秀、妓女僧人、无赖子弟及风雅文士等五类人的不同庸俗姿态，而以人散后独赏西湖月色之美，寄托高洁情怀，抒泄愤世情绪。刘侗在《水尽头》中则描述了北京卧佛寺、樱桃沟一带的景致，而以辨别声响、探究泉水源流为主题，寓意于格物致知，穷探究竟，讽喻浅尝辄止，一知半解。这篇小文构思精巧，写景优美，说理含蓄，属于说理游记一脉。

学界一直认为明代游记散文有两座高峰：一座是以公安、竟陵派为代表的山水小品散文,另一座便是徐霞客的游记散文巨著《徐霞客游记》。这是一部具有高度文学性的地理专著,是著者一生实地考察自然地理、山川地貌的资料整编。在这部日记体的著作中,作者投注了自己的全部志趣与快乐,因而书中不去过多地寄寓感慨。《徐霞客游记》对于名山考察,不仅记述详尽,而且所经历的路程无不进行详细的纪录,对地形、地貌的记述更是精彩,加上一年四季节气的变化记录,穿插作者个人的辨析。从整个行文来看,全文详略得当,重点突出,使人读来更觉厚重。在作品的文学性上,因为作者高度的文学修养,使文句简洁明了,文风清雅朴素,毫无雕凿痕迹,所以往往情景交融,意境高远。尤其是著者不畏限险、攀登绝顶的勇敢与探索精神,更是令人感动。如前后两度游黄山的日记,十分形象地显现出"黄山之松无一不妙,黄山之石无一不奇"的黄山独特景观,充分体现出奋力攀登天都峰、莲花峰的快意和见到"秀绝人区"的美景的乐趣。初游雁荡山的日记,记述寻觅雁湖的历程,从侧面表现出作者勇往直前,无所畏惧,历经险阻,见证了一位旅行家、探险家的无畏探险的意志和胆略。《徐霞客游记》是继《水经注》之后地理专著的新高峰,也是古代游记中的一枚硕果。

　　清代,虽说是封建社会的最后一个王朝,但在文学发展上还是相当活跃的,诗词歌赋和散文、元明新兴的戏曲小说,都有所振兴和发展。游记散文也进入全面发展的阶段。这一时期,文人们的思想比较复杂,游记作品内容也表现出各种不同的倾向和特点。在艺术形式上,传统的各种艺术流派皆备,唐、宋以来游记散文艺术的积累,使清代游记写作拥有了肥沃的土壤和丰富的滋养,可以说精品累累,琳琅满目。总的趋势是不论述怀寄慨,还是说理记游,大多通过山水艺术美的鉴赏而表现出来，各展其长，各具风格。明、清易代之际，由于民族矛盾，前明遗臣文士崇尚气节，顺清文人大多心怀惭愧之心，因而游记多感慨之作。如王夫之的《小云山记》是明亡后的作品。作为一篇遗民性质的游记，记述了作者游览小云山的经过，抒发了作者对家乡山川美景的赞美。钱谦益的《游黄山记》则是在刻画欣赏山水景物之中，折射出对自身遭际、内心苦闷的感怀。这些游记的突出特点是风格迥异，但都深浅不一地反映出易代之际，因社会动荡不安，士大夫们的复杂思想情感。

随着"康乾盛世"的到来，清王朝的根基越发巩固，这时在文学上，古文、骈文都呈现复兴的状态。推崇唐宋古文传统，提倡"神理气味"，贬薄"格律声律"，主张"义理、考据、词章"并重的桐城派崛起，而独抒性灵的公安派也有后续发展。这种形势下，游记散文在思想和内容上大都突出了对优美山川的热爱，和对传统高雅精神的发扬这一主题，而在艺术表现上则更加精益求精，颇有一定程度的创新。从古代游记发展史来看，这一时期的游记作品对于近代游记的写作有着更为直接的影响，也更符合今天我们称之为"游记"这种文体的定义。

比较著名的游记作品，像朱彝尊的《游晋祠记》，记述了作者游览山西太原晋祠的感触。文章先是概述晋祠的沿革，然后由此触发江南乡思，而当这些历尽沧桑之后，却山水依然，从而传达出作者热爱祖国大好山河的情操。邵长蘅的《夜游孤山记》则以夜游杭州西湖孤山，抒情写景，凭吊古迹，抒发出作者对甘守清贫，坚守节操的感怀，对富贵不义世俗的愤慨。这一时期，成就比较突出的游记作品，主要出自桐城派作家。桐城派作家的杂文主要是以宣扬理学思想为主旨，而游记作品虽说说理性也较强，但有一部分作品却极有山水情趣。像方苞的《游雁荡记》便不太重视对山水的描摹，而是抓住雁荡山"独完共太古之容色"这一宏观景色，议论发挥理学家修身养性、格物致知的道理，这很明显保有桐城派的特色，但内中也不乏富有理趣。姚鼐是桐城派的代表作家，游记作品更属其中佼佼者。《登泰山记》记述寒冬腊月登临泰山、除夕拂晓坐观日出的情景。这篇游记结构简单，笔调雅淡，而记事翔实，写景有神，抒情有味，在自然而然中流露出一种豪迈气概，于朴实之中描摹出泰山尊严自若，意境含蓄，风采清扬的人性化性格。可谓融会"义理、考据、词章"于一体，耐人寻味。恽敬的《游庐山记》叙述了游庐山六天的观感，对路程、名胜、古迹都作了简略的记述，"而于云，独记其诡变足以娱性逸情如是"，重点突出地描述了阳湖上的云障奇景和香炉峰下的云海壮观，使人读来不觉生动形象，饶有情趣。可见从桐城派发展出来的阳湖派，在游记写作上更注重山水情趣，这也是清代游记发展的一种趋势。清代性灵派代表作家袁枚的游记，对山水造物艺术的鉴赏品评不如明代袁宏道精道，但他却把诙谐语言转变为辛辣的讥刺，传达出一种摆脱束缚的激愤情绪。尤其在他晚年重游桂林时所作的《游桂林诸山记》中表露得更加鲜明突出。他登独秀峰顶，"望七星岩，如七穹龟团伏地上"，游栖霞寺洞，厌恶洞中漆黑，觉得洞口一堵，等于活活殉葬，即使有一点儿白色，却是绝壁的反光，就像"世有自谓明于理、行乎义，而终身面墙者"。袁枚在山水刻画中发泄着自己的激愤，迸发出一种追求个性自由的倾向，较之王思任的浪漫不平则更进一步。龚自珍是今文经学派重要代表人物。他的游记政论性强，现实意义深刻，形式类似杂感，艺术上富于独创。其《己亥六月重过扬州记》写于鸦片战争爆发前一年，他以记游述感的方式揭露封建士大夫日益堕落的精神面貌、生活状态，紧扣"重"字，篇末借"六月"酷暑天气喻恶浊风气，用渴望清凉秋风来寄托变革的要求。他的《说京师翠微山》用"说"的方式，以拟人的笔法来写游记，把一座小山写得富有人情，深通世故，显得新鲜活泼，确属游记散文艺术之独创。这时期游记作品风格迥异，流派纷呈，比较突出的还有：张道浚的《游崂山记》、王昶的《游珍珠泉记》、李调元的《西樵》《霍山》、洪亮吉的《游天台山记》等。

　　清代的游记作品大多为模山范水的文字，在传统上或承于唐，在描写技法上摹真写实，精雕细刻；或继于宋，将义理注入文中，叙议结合，借景立论；或传于明，独抒性灵，因景抒情。或是表现作者的一定见解，或是反映时代某些声息，体现出一定的思想意义。所以于清代游记作品来说，呈现出的是百花齐放的态势，各流派的承继者纷纷出现，你方唱罢我登场。从而构成了我国古代封建社会最美的一幅夕阳画卷，也成为古代游记文学最终的绝响！

2020 年 3 月 1 日星期日于俟庐、小海地

目录

倒水岩渔仙洞记 ／ 龙膺　001

桃源县至渔仙洞纪程 ／ 龙膺　013

上方山四记 ／ 袁宗道　018

大酉洞记 ／ 王世隆　027

仙灯记 ／ 张延登　033

虎丘记 ／ 袁宏道　039

天目（选一）／ 袁宏道　045

满井游记 ／ 袁宏道　050

由水溪至水心崖记 ／ 袁宏道　054

游盘山记 ／ 袁宏道　063

修觉山记 \ 钟惺	071
浣花溪记 \ 钟惺	077
西山十记（选四）\ 袁中道	083
苏堤看桃花 \ 高濂	095
游武夷记 \ 曹学佺	098
游焦山小记 \ 李流芳	105
醴泉寺记 \ 杨梦衮	111
翔凤庵记 \ 杨梦衮	117
游洞庭诸刹记 \ 姚希孟	120
三游乌龙潭记 \ 谭元春	129

游玄岳记／谭元春　134
游雁宕山日记／徐弘祖　153
游嵩山日记／徐弘祖　167
蜚狐口记／杨嗣昌　192
湖心亭看雪／张岱　197
西湖七月半／张岱　201
白洋潮／张岱　207
芙蕖／李渔　211

倒水岩渔仙洞[1]记

龙膺

作者简介

龙膺（1560—1622），字君御，号茅龙氏、朱陵，官太常寺卿。明末湖广武陵（即今常德市）人。神宗万历八年（1580）举进士，后官至太常寺正卿，解官后避居于柳叶湖边的"隐园"，求书乞诗者户庭常满，不胜其烦。于是侨寓桃源渔仙洞，筑一读书台，并称其屿为"纶屿"，取其便予垂钓。著有《龙膺集》。

倒水岩在瓮子滩[2]上，龙家溪自北出截其流。而岩有十二峰，列马石溪左。

第一岩为龟山，首临水而卬[3]。峰背青纯偃卧，如伏视诸峰，独横亘捍流而前，衷溪之半。西距五十尺。小却[4]为赤霞嶂。嶂壁立如削，上多五色花石，下赤赫如霞绮，笼盖林岭如丹，下有钓矶石，又小却，为铁壁岩，壁与霞嶂等。顾其色黧如铁，薜箩兰茝[5]，湿翠欲流。又小却，为仙蜕岩，岩势更高广逶迤，上凿石室者十，内一室藏黄肠[6]者五，旧传为沉香棺，年远而朽，白骨头颅，隐隐在望。

舟人有以竿攫其上者，雷辄震怒，綦[7]灵异云。岩麓[8]一峰，空洞垂双乳如象鼻，名象鼻岩。

又小却为龙池峰，峰左悬一道，如铁如剑，草木不生，为龙挂鳞甲处，俗名龙磨石。峰顶有池注泉，四时不涸。上高岭一峰，圆顶而秀，亭亭葱蔚，直干云霄，下环卧一石如尾，伸足翔翼，宛联翩凤鬻[9]状，合名曰凤鬻峰。峰脊横岭一峦，中出蜿蜒，下垂如乳，又如莲房，凹处形如却月[10]，乘以三台[11]，伣[12]画棱相次。予开一径，巍崛迢递[13]，筑读书台其上，山曰卧龙，台曰万壑。两腋下各一洞，左飞瀑泠潋[14]不断，名曰龙湫[15]，是为隐公洞。右洞如壶，名玉壶洞。洞之上一峰，与凤鬻、龙池对峙，而蹲伏其股，状若稽首[16]，然名虎拜石。石上三峰共一支干，宛若具体。实以中亘为心腹，左右竦为肩臂云。

虎拜下西折，有石如梁，又如马，俗名马石。下环溪水，即以此名。由马石西折而北，行筱蔼[17]中。历庵而东，长岩横亘千尺，有石室者三，中为伏波洞，左为钦山洞。又东折，两峰夹束清泉，溅溅下流，石径一线，历层磴坎壕[18]而上，为紫竹湾。环石壁如铁，四时垂异花，种种争妍，莫可辨识。陟[19]其高阜处[20]，壁愈盘纡[21]，诘曲[22]如围。云构自然，岂假匠石？俗名瓮城，余更名小金刚轮。围山而阁其上，曰"芯香幢阁"。历阁而上为方台，由台陟而上，沿石壁行，得东西岩相望，各辟方丈，恍绝尘世。

由轮山出，东折而北，为紫霞岩。由岩历岭而上，为雪峰岩。岩花如雪，垂红兰赤荔如画。下有洞二，洞右一石如笋，名玉笋石。左一峰崒嵂[23]于霄，势甚奇秀。下有雪池，池下为芙蓉涧。由涧西折而上，为象岩，与狮子峰对峙，历象岩而上，为岩头山。下有洞，圆明宏旷，四山凑合如列屏，曰圣珠洞。宅众山之中，灵胜为最。登高四眺，则嶙然[24]如华盖而特者为天柱，峭然如峨冠而挺者为丈人，巃然[25]如负扆[26]而拱者为玉屏，嶪然[27]如戴角而斑者为玄鹿，皆踞其北。溪以南，肃然如列鼎而揖者为玉案，煜然[28]如镂彩而插者为金华，崿然[29]如画奎壁[30]而耸者为卓笔。其他前后扈从，如车如马，如璋如珪，如剑如戟，如幢如旄[31]，如金牖银牓[32]者，不可胜纪，总命曰"百子峰"。以诸峰环侍天柱、丈人，俨若儿孙遥拱罗拜其下，森森如也，翼翼如也。

由伏波洞南下为莎罗庵，门西向，入，北折为韦驮殿。历阶而上为大士阁，阁背为僧寮[33]，为静室。又东折攀岩而上，倚石洞为阁供玄帝[34]，实于睢阳公[35]创之，洞有睢阳遗像焉。门额"仙阳仙隐"诸书，先计部玄扈公[36]手泽也。兹山神奇灵秀，不知辟之何代何人。第传汉时马文渊[37]南征曾避暑于此。故石室祠貌焉。而仙蜕长留，丰霭[38]呵护，此尤其异者。

溯马石而上，水涯浮一石，如舟如柱。已为穿石岩。又溯而上，为青湘、为仙人两溪。已，为水心岩，下为渔网溪，绝幽胜。夫溪与洞皆以渔仙名，当是所称避世渔郎，皆神仙流耳。后乃讹"渔"为"余"，不亦舛[39]乎！释家指十仙为外道，猥[40]以"余仙"名寺，尤舛。村故名莎罗，今以莎罗名庵，取其近似且从佛也。

予足迹半宇内名山，恒谓太华[41]峭削，雁宕[42]幻巧，崆峒[43]幽崛，黄山[44]灵峻，白岳[45]奇诡，太和[46]雄丽，九华[47]葱蒨，金山[48]孤绝，然皆以石胜，而皆病无水，唯金山蜿长江注南泠为胜，复孤立无侣，游览易穷。孰与兹山，以青瑶翠珉为骨，以丹霞苍霭为姿，以琪花珠树为裙，以沇流溪水为带，俯仰顾眺，骈嘱不能周。

搜狝跻攀[49]，茧足[50]不能竟。而又云根拔地，罔所依凭。砥柱狂澜，曾不谲靡[51]。其石之温润光泽，苔藓弗生之处，如墨如镜，可镌可磨。错列如星，可纶可席。泉流清洌如白玉浆。可饮可濯。溪与朗渚接，可往可来，山灵储以待我！

往予拮据塞上，滥窃逐虏功，数蒙上赉[52]。今幸归老，出为买山贾，以志国恩于世世，俾子子孙孙戴之，与兹山并远。吾友江伯通作《买山说》为予快，并为山灵得予快，予亦自快甚。溪曰"龙家"，属吾故里，烟霞旧好，如获衣钵。泉石溪山，悉是吾篱下物。时垂芳饵，坐狎沧波。时鼓木兰，卧看朗月。扫除诸障，永保长龄。群真与邻，千秋是宅。此亦人外至乐也。浮云钟鼎，于我何有哉？

客有问隐公者，曰："闻公负郭有隐园，具湖山胜，亦足自适，何复尔尔？"予笑曰："入林惟恐不深耳。吾园曰'隐'，吾洞曰'渔'，吾以一艇一竿逍遥放浪。即不能杖穷五岳，亦何必块处一邱为？"因为之记。

注释

[1] 倒水岩：在湖南常德的沅江上，桃源县西南六十里、钦山之东、瓮子滩上。渔仙洞：为作者命名的石洞，在倒水岩。

[2] 瓮子滩：在沅江岸边，与倒水岩隔江斜对。

[3] 卬（áng）：同"昂"，仰首的样子。

[4] 小却：稍稍后退。

[5] 茝（chǎi）：古书上说的一种香草。

[6] 黄肠：用柏木黄心制作的外棺。

[7] 綦（qí）：极，很。

[8] 岩麓：山脚。

[9] 翥（zhù）：向上飞翔。

[10] 却月：半块月亮。

[11] 三台：古代建筑中著名的三座高台，此指高处。

[12] 怳（huǎng）：同"恍"，仿佛。

[13] 迢递（tiáo dì）：高远的样子。

[14] 浽溦（suī wēi）：小雨濛濛状。

[15] 湫：水潭。

[16] 稽首：跪拜。

[17] 筱（xiǎo）簜（dàng）：泛指竹子，筱，小竹。簜，大竹。

[18] 坎壈（lǎn）：本意为意为困顿，不顺，此指艰难、困难。

[19] 陟（zhì）：登。

[20] 高阜：高高的土丘。

[21] 盘纡：曲折回旋。

[22] 诘（jí）曲：屈曲；曲折。

[23] 崒律（zú lù）：险峻高耸的样子。

[24] 嵥（jié）然：高耸屹立。

[25] 巃（lóng）然：高耸，挺拔。

[26] 负扆（yǐ）：亦作"负依"。指背靠屏风，有时亦指皇帝临朝听政。

[27] 嶪（yè）然：高耸的样子。

[28] 煜（yù）然：光彩华盛的样子。

[29] 崿（è）然：像大嘴张开一般的山石形状。

[30] 奎壁：二十八宿中奎宿与壁宿的并称。旧时指二星宿主文运，故常用以比喻文苑。

[31] 幢（chuáng）：指伞盖、旌旗。旄（máo）：古代用牦牛尾装饰的旗子。

[32] 金牖（yǒu）银牓（bǎng）：金色的窗户，银色的匾额。牓，通："榜"。

[33] 僧寮（liáo）：僧人居住的屋。

[34] 玄帝：道教之神，又称北方真武大帝。

[35] 于睢阳公：名于文徵，字信夫，又作献夫，武陵人。官睢阳牧。以养母归隐渔仙洞，改其寺曰余仙，谓有余之仙也（渔仙，即指发现桃花源的渔人黄道真，后成仙，曰渔仙）。

[36] 玄扈：即龙玄扈，又名龙德孚，曾在户部（即计部）为官，是龙膺的先人，故曰先计部。

[37] 马文渊：即马援，东汉扶风茂陵（今陕西兴平东北）人，一生战功卓著，人称伏波将军。

[38] 半豅（lóng）：雷神。

[39] 舛（chuǎn）：荒谬，错乱。

[40] 猥（wěi）：多的意思。

[41] 太华：指西岳华山，在陕西华阴市。

[42] 雁宕：雁荡山，在浙江乐清、平阳。

[43] 崆峒：崆峒山在甘肃平凉西。

[44] 黄山：在安徽歙县西。

[45] 白岳：即齐云山，古称白岳，为道教四在名山之一，位于安徽省休宁县城西。

[46] 太和：即武当山，在湖北均县。

[47] 九华：九华山，在安徽青阳西南。

[48] 金山：在江苏镇江。

[49] 蒐狝跻攀（sōu xiǎn jī pān）：搜索打猎，升高攀登。

[50] 茧足：脚上磨起的茧子。

[51] 谲靡（jué mí）：变化，倒下。

[52] 赍：赏赐。

译文

倒水岩坐落在瓮子滩上，龙家溪从北面流过被倒水岩截断。而倒水岩有十二座山峰，排列在马石溪的左边。

第一座山峰称龟山，山头面对着沅水，而昂扬向上。山峰的背面一片翠绿，仰卧着如同趴伏在那里，环视诸峰，只有它横亘在激流之上，而一直向前，延伸到河的中央，距离西岸不到五十尺。稍稍往后的是赤霞嶂，峻峭的崖壁矗立着仿佛被削过一般，上面多有五色花石，赤色、褐色的如同霞光、织绵，将树林山岭笼罩得一片丹红，下面有钓矶石，再退后的是铁壁岩，山壁与霞嶂的色彩相像。看上去色黑如铁，山壁之上挂满了藤萝，山脚布满了兰草，青翠的颜色仿佛像是要流下来了。再往后，就是仙蜕岩。岩石的态势更加高耸逶迤，上面凿了十间石屋，其中一间屋中藏着用柏木黄心制作的外棺五个，以前相传是沉香木做的棺木，因为年代久远朽败了，露出里面的白骨头颅，隐约可见。有船家用竹竿攫到它上面，雷公就会震怒，很是灵验。在山岩的脚下一座山峰上面有个空洞，垂下一对石乳像象鼻一样，名叫象鼻岩。

再往后就是龙池峰，山峰的左面悬着一条山路，坚硬得有如铁和剑，上面草木不生，像龙披挂着鳞甲的样子，俗名叫龙磨石。峰顶上有水池，注入的泉水四季不干涸。上面高耸着一座山峰，圆顶却很秀丽，亭亭而立，青翠而茂盛，直入云霄，下面环卧着一块石头，垂着尾巴，伸出脚、展开翅膀，宛如展翅向上飞舞的凤凰，合起来名叫凤蠹峰。山峰背面横向耸立着一座山峦，中间蜿蜒而出，像乳房一样下垂着，又像莲蓬，山凹处的形状像半个月亮，如果再盖上三个台子，宛如图画棱角分明。我开辟了一条路，巍峨高远，在上面修了一座读书台，山的名字叫卧龙，台的名字称万壑。两侧的下面各有一个山洞，左边飞流直下的瀑布溅起的雨丝濛濛不断，起名叫龙湫。这就是隐公洞。右边的山洞像壶一样，名叫玉壶洞。洞的上面有一座山峰，和凤蠹龙池相对，蹲伏在它的后面，形状好像是跪拜在地的样子，名叫虎拜石。石头上的三座山峰共一个支干，宛如一个整体。实际上以中间山峰为胸脯，左右耸立着的山峰就像肩膀和手臂。

虎拜石往下朝西转弯，有一块石头像横梁，又像一匹马，俗名叫马石。下面环绕着的溪水，就以此取这个名。由马石向西转再向北，行走在大小不一的竹林中间。经过庵堂向东，长长的山岩横亘在前有上千尺，山岩上有三间石屋，中间的一个是伏波洞，左边是钦山洞。又向东拐去，两座山峰相对夹峙，清泉从上面唰唰飞溅向下，不停地流淌，石头小路有如一条线，经过层层的石级艰难往上，这就是紫竹湾。四周环绕的石壁虽然像铁一般坚硬，但四季却悬挂着奇异的花，庄稼和稗草争奇斗艳，很难把它们区别开来。登上高处的土丘，崖壁更加曲折回旋，像围巾一般曲曲绕绕。这些都是自然构成的，难道还要凭借工匠吗？这里原来俗名叫瓮城，我更改名字叫小金刚轮围山，在上面修建楼阁，叫"芯香幢阁"。经过楼阁往上是方台。从方台攀登而上，沿着石壁行走，看见东边和西边的两座山岩相互伫望，各自避开一丈多远，恍若与尘世隔绝。

从轮山出来，由东转向北，是紫霞岩。从岩石上经过山岭往上，是雪峰岩。岩石上的花纹像雪花一样，垂着的红色兰花和鲜红的荔枝纹样像图画一般。下面有两个石洞，洞右边有一块石头像竹笋一样，取名叫玉笋石。左边有一座险峻的山峰，高耸云霄，山势很是奇秀。下面有雪池，池子的下面是芙蓉涧。从山涧的西面转弯向上，是象岩，与狮子峰相对着，经过象岩向上，是岩头山。下面有座山洞，洞内明亮、深邃、空旷，四面的山峰聚合在一起，排列着像一面屏风，这里叫圣珠洞，处在群山之中，是一处最为灵秀的境地。登上高处四面眺望，见到像伞盖一样高耸而特别的就是天柱峰，肖然不动像人头顶上戴的高高的帽子的就是丈人峰，高耸着像拱手背靠着屏风的是玉屏峰，高峻的像头上顶着角背上有斑纹的是玄鹿峰，这些山峰都踞立在它的北面。溪水的南面肃然地像排列着的钟鼎的是玉案峰，光彩华丽得像镂空的彩画插立着的是金华峰，高峻的如画着文运星宿耸立着的是卓笔峰。其他前后跟随着的，像车马一样，像玉佩一样，像剑戟一样，像旗子一样，像金色的窗户银色的匾额一样，不能一一记录下来，总的命名叫"百子峰"。因为群峰环绕着天柱峰和丈人峰，俨然像儿孙们远远拱手罗列拜伏在它的下面，如此庄严肃穆，如此小心翼翼。

从伏波洞向南而下是莎罗庵，庵门朝向西，进到里面向北一拐是韦驮殿。登上台阶往上是大士阁，大士阁的背面是僧人的住处，是静室。再向东一拐攀着岩石往上走，贴着石洞建造的阁楼里面供奉着玄武大帝，实际上是于文徵公建造的，洞中有于文徵的遗像。楼阁门匾上题写着"仙阳仙隐"等字，是故去了的，做过户部官员的先人龙玄扈公亲手写的。这座山神奇而灵秀，不知是哪个朝代哪个人开辟出来的。据传汉朝的马援南征的时候曾在这里避暑，所以石头屋里供有他的牌位和塑像，而之所以人故去了，而塑像还能长久留着，这全是神灵的呵护，这尤其值得奇异的。

　　从马石逆流而上，水边的山崖边浮立着一块石头，像是船又像是柱子，这就是穿石岩。再逆流而上，是青湘、仙人两条小溪水。到了水心岩，下面是鱼网溪，绝对幽静的胜地。那溪水与山洞，都用"渔""仙"命名，应当是说避开尘世的隐士和打鱼的渔郎都是神仙之流。后来才讹"渔"成为"余"，不是很荒谬吗！佛家认为十仙是旁门左道，多用余仙命名寺庙，尤其错了。村子旧名叫莎罗，现在用莎罗命名庵堂，是选取他们近似的地方，是按照佛家的说法。

　　我的足迹走遍了天下的名山，人们常说太华山峭壁如削，雁荡山飘幻奇巧，崆峒山清幽奇崛，黄山灵气峻峭，齐云山奇特诡异，武当山雄魂壮丽，九华山青翠蓊丽，金山孤耸绝立，然而都是以岩石取胜，缺点是都缺少水，只有金山蜿蜒在长江边，江南视为胜地，但孤立无伴，游玩时很容易就游完了，怎么能够和这座以青瑶翠珉为骨，用红霞白雾为身，用美丽的花珠玉般的树为裙，以沅江的溪水为衣带，上下左右眺望，怎么望都不能望尽的山相比呢。攀援打猎、攀登上高，脚底下都磨出了茧子也走不到头。而且云雾拔地而起，根本不用有什么依靠，就像狂涛中的柱石，从不曾倒下。山上的石头温润而富有光泽，苔藓从来不会在上面生长，像黑色的墨石、光滑的镜子，可以在上面镌刻也可以任意打磨。石头在山上像星星一样错杂地排列着，垂钓时可坐，席地时也可坐。泉水清澈甘冽，像白玉琼浆一般。可以饮用也可以洗涤。溪水和朗渚相连接，两地可以互相往来，山中的灵气积蓄着等待我的到来！

过去我在塞上的生活很拮据，冒领了塞外破虏的功劳，蒙皇上恩赏，家里的资财逐渐增多。今天有幸回家养老，成为买山的商人，以世世代代感念国家的恩德，让我的子子孙孙感恩戴德，和这座山一样长远留存。我的朋友江伯通写了一篇《买山说》的文章替我感到快乐，并且因为山的灵气赋予我而感到快乐，我自己也感到快乐。溪水的名字叫龙家溪，属于我的故乡，烟霞和过去一样美丽，我好像重新获得衣钵一般高兴。泉水、岩石、溪水、山峰，都是我家篱笆旁边的景物，闲暇时用香饵钓鱼，坐下来在水波上戏耍。有时敲敲木兰做的鼓，躺下来看着明朗的月光。扫除心里众多的烦恼，让我永远葆有长寿。诸多的美景都在我家的周围，这座宅院要千年存在下去。这也是人世之外的快乐吧。天上的浮云，贵重的钟鼎，和我有什么关系呢？

客人中有人问隐公："听说您在城中有了隐园，具有湖山的胜景，也足以自我满足，何必再去买山建屋？"我笑着说："进入幽林之中恐怕还不够深吧。我的园子叫隐园，我的石洞叫渔洞，我用一条船一支竹竿，在其间放浪逍遥。即使不能够游遍五岳，又何必死守在这一个地方？"因此写了这篇记。

赏析

龙膺一生不但是一位立身于"儒"的文士,还是一位策马疆场将军。他一生三次遭贬、三次戍边。一生可谓跌宕起伏。晚年归休故里,在家乡常德的柳叶湖畔建园一座,取名隐园。闲时便邀请名流贤达,欣赏风光山色,吟诗作赋。他的山水诗赋尤其是游记多反映家乡一带的优美风光,尤其是自桃花源溯沅江而上的诸名胜,龙膺皆有题咏,而且以咏渔仙洞诗最多。

这篇《倒水岩渔仙洞记》即是其中典型的一篇山水游记。全文不到两千字,从倒水岩的地理位置写起,然后由游览的顺序,不断推动视角的变化,逐层介绍各景观的风光特色,可以说是点滴俱到,纤毫必记,从对倒水岩渔仙洞一草一木一山一石的记叙中,可以看出作者对此山此水的热爱与熟知。本文的前半部分主要是记叙各山的形态,其中在描写手法,比较突出的特点便是大量比拟手法的运用,如:"岩麓一峰空洞垂双乳如象鼻,名象鼻岩""峰左悬一道,如铁如剑""下环卧一石如尾伸足翔翼,宛联翩凤鸢状",从这一系列的描写中可以看出作者描写功法的娴熟。此外,便是对本地掌故与历史文化的考证,作者也是了然于胸的,如对莎罗庵的历史人物的考证便可见一斑。最后文章点出作者对山水游历的文化定位,"吾以一艇一竿,逍遥放浪",只为"余亦自快甚"啊!

桃源县至渔仙洞纪程

龙膺

由桃源[1]西发，为渌萝溪。南岸峰峦缭绕，葱菁如屏。黛绿空青，堕人眉睫，是为渌萝山[2]。历伏波滩行十里，为渌萝铺。岸北浪花如沸涨，则势益瀰渚[3]，如卷雪然，是曰"雪涛"。又有大小月汊二滩，在中洲南北。

已历洞滩，行十里为白马渡。怪石临江，苍松沸涧，浸寻灵境矣。由渡入桃花洞，仅五里许，为水溪。洞中岩壑幽深，泉林窈窕，绯桃翠柳，方竹虬松。崄峭谽谺[4]，别一天地。历石磴数百级，臻其巅，劈崖如肩[5]，白云封之。鸣濑[6]琮琤[7]，潴为方沼。中突兀一峰，卓庵供大士，峭然尊秀。腋拥两山，俯瞰诸峰，攒列如星，江流如带，是其最胜处也。

逾水溪五里许，由水行为白林洲，山渐却。又十里为固乡，则川原旷衍，阡陌连延，溪流亦平涧弗驶。又十里为莎萝村。沿溪中流多渔梁，为舟楫患，猛[8]岸而南，望见众山腾跃出。其一峰攲溪岸，而末锐如瓮，逼视之，又如鸡鹜[9]。草树鬖鬖[10]如毛，是为瓮子峰，俗名毛瓮云。

峰北岸皆石，蟠亘水底，喷沫盘涡，浪势澎湃如广陵之涛。舟非群力牵挽不能上。群石或卧或立，潜洑下流，皆前溪诸岩根尔。踰瓮滩而上，历倒水岩十二峰，为渔仙洞，东距莎萝村亦十里。

注释

[1] 桃源：位于湖南省西北部的常德市，此地因东晋大诗人陶渊明所作《桃花源记》而得名于世。

[2] 渌萝山：在今湖南桃源县南十五里。下有潭。《水经·沅水注》：沅水"东带渌萝山，绿萝蒙幂，頹岩临水，实钓渚渔咏之胜地，其迭响若钟音，信为神仙之所居"。

[3] 漰（pēng）渤（bò）：水浪冲击的声音。

[4] 崄（xiǎn）峭：形容山势险峻高耸。崄，古同"险"。峭，山势高而陡。谽谺（hān xiā）：形容山石险峻的样子。

[5] 扃（jiōng）：门窗，门户。

[6] 濑（lài）：湍急的水。

[7] 琮琤（cóng chēng）：形容流水的声音。潴（zhū）：水积聚的地方。

[8] 洫（yù）：漩流。

[9] 鹜：鸭子。

[10] 鬖（sān）：蓬松散乱。

译文

  从桃源县向西出发，是渌萝溪。溪的南岸山峰叠嶂，翠绿的岩壁像屏风一般矗立着。空旷墨绿色的青山，映入眼帘，这里就是渌萝山。过伏波滩再走十里，就到了渌萝铺。溪北岸的浪花好像沸腾的热水一般涨上来，那气势更加澎湃激荡，好似雪花卷起的样子，这就是人们所说的雪涛。这里又有大月汉滩和小月汉滩，位于沙洲中间的南北两面。

  经过山洞和河滩再行走十里之后，就是白马渡了。一些奇形怪石临对着沅江，一棵棵苍翠的松树在溪涧之中旺盛地生长着，让人不知不觉沉浸在寻找空灵的境界之中。从白马渡到桃花洞只有五里路，再然后就是水溪了。桃花洞里面岩石和沟壑非常幽深，泉水和树林很是幽静，绯红色的桃花、翠绿的柳树、方正的竹林、盘曲的松树，群山险峻高耸，山石险峻异常，别有一番天地。登着石阶上攀几百级便到达了山顶。迎面，好似被刀劈过的山崖像门窗一样敞开着，白云缭绕在前面。湍急的溪水发出淙淙的声音，积水形成一块方形的水池。中间有一座山峰突兀而起，就像大的庵堂里面供奉的观音大士，肖然耸立，一尊独秀。山峰两侧各拥立着一座高山，向下俯瞰着众山，仿佛攒聚在一起的星星，江中的流水像腰带一般，这是这里最美丽的景观。

  过渌萝溪五里左右，一直沿着水路走，就是白林洲，这里的山渐渐变得矮了。又走十里是固乡，那里的原野空旷绵延，田间小道纵横交错，溪流也显得平缓了，山涧之中水浅得已不能行船。又过十里是沙萝村。沿途溪水中有许多捕鱼的梁堰，成为行船的隐患。

顺着回旋的水流一直向南，可以望见群山猛然腾跃而出。其中一座山峰斜倚在溪岸边，而山峰的末端骤然突起就像水罐的形状。仔细再看，又好似鸡鸭一般。山上的杂草和树木像人的毛发一样蓬松散乱，这就是瓮子峰，俗名毛瓮。

山峰的北岸都是石头，像蟠龙横卧在水底，水流喷吐出一层层的泡沫，盘旋着形成一个个漩涡，波浪澎湃就像广陵的波涛。船如果不是众人合力牵拉是不能上去的。众多的石头或是躺卧着或是直立着，潜伏在水流的下面，都是前面溪水中的众多岩石根部罢了。经过瓮滩一直往上，过倒水岩十二山峰，就是渔仙洞。往东距离莎萝村也是十里路。

赏析

这是一篇描写湘西独特风光的散记，作者按行踪依次记叙了从桃源县至渔仙洞的这一段水陆历程。文字的记叙，使读者透过那文字能够清晰地感受到湘西大地独特而有韵味的风光。"南岸峰峦缭绕，葱蒨如屏。黛绿空青，堕人眉睫"，短短的几行文字便让人感受到湘西那铺天盖地的绿色，"岸北浪花如沸涨，则势益澜沧，如卷雪然"，这是湘西的水，与那满世界的不同的绿一样，这水同样是鲜活的，有生命的。随即又游览了桃花洞，"洞中岩壑幽深，泉林窈窕，绯桃翠柳，方竹虬松。崄峭嶆岈别一天地！"下山之后，沿溪水行五里，到白林洲，这里则又是另外一番湘西的风光："川原旷衍，阡陌连延，溪流亦平，涧弗驶。又十里为沙萝村。沿溪中流多鱼梁……"趋过平缓的阡陌、川原,又是一番险峻之相:"峰北岸皆石,蟠亘水底,喷沫盘涡,浪势澎湃,如广陵之涛。舟非群力牵挽不能上。群石或卧或立,潜伏下流,皆前溪诸岩根尔……"这篇游记写得鲜活而生动,景物似乎有了生命力,而人游其中也带上了鲜活的色彩,品味其中真的让人领略到与其他地方不一样的风景,这也是这篇游记的成功之处。

上方山四记

袁宗道

作者简介

袁宗道（1560—1600），字伯修，号玉蟠，湖广公安（今湖北公安县）人。自幼聪颖好学，十岁能诗文。万历十四年（1586）举会试第一，次年入翰林院，授吉士，进编修。万历二十五年（1597）以翰林院修撰充东宫讲官。万历二十八年（1600）十一月四日，在北京"竟以惫极而卒"。终年四十岁。明光宗继位，赠礼部右侍郎。与弟袁宏道、袁中道，并称"三袁"。他们在文学上崇尚本色，反对摹拟，世称"公安派"。平生崇敬白居易与苏拭，诗文集取名《白苏斋集》。

一

自乌山口起，两畔乱峰束涧，游人如行衖[1]中。中有村落、麦田、林屋，络络不绝。馌妇[2]牧子，隔篱窥诧，村犬迎人。至接待庵，两壁突起粘天，中间一罅，初疑此罅乃狖穴蛇径，或别有道达颠，不知身当从此度也。前引僧入罅，乃争趋就之。至此游人如行匣中矣。三步一回，五步一折，仰视白日，跳而东西。踵[3]屡高屡低。方叹峰之奇，而他峰又复跃出。屡跻[4]屡歇，抵欢喜台。返观此身，有如蟹螯郭索[5]潭底，自汲井中，以身为瓮，虽复腾纵，不能出栏。其峰峦变幻，有若敌楼者，睥睨[6]栏楯俱备；又有若白莲花，花下承以黄趺[7]，余不能悉记也。

二

自欢喜台拾级而升，凡九折，尽三百余级，始登毗卢顶。顶上为寺一百二十，丹碧错落，嵌入岩际。庵寺皆精绝，莳花[8]种竹，如江南人家别墅。时牡丹正开，院院红馥，沾薰游裾[9]。寺僧争设供，山肴野菜，新摘便煮，芳香脆美。独不解饮茶，点黄芩[10]芽代，气韵亦佳。夜宿喜庵方丈，共榻者王则之、黄昭素也。昭素鼻息如雷，予一夜不得眠。

三

毗卢顶之右，有陡泉。望海峰左，有大小摘星峰。大摘星峰极高。一老僧说，峰后有云水洞，甚奇邃。余遂脱巾褫衣，导诸公行。诸公两手扶杖，短衣楚楚，相顾失笑。至山腰，少憩，则所谓一百二十寺者，一一可指数。

予已上摘星岭，仰视峰顶，陡绝摩天，回顾不见诸公，独憩峭壁下。一物攀萝疾走，捷若猿猱，至则面目黧黑，瘦削如鬼，予不觉心动，毛发悚竖。讯之僧也。语不甚了了，但指其住处。予尾之行，入小洞中，石床冰冷，趺坐少顷，僧供黄茅汤，予啜罢，留钱而去，亦不解揖送[11]。诸公登岭，皆称倦矣，呼酒各满引。黄昭素题名石壁。

　　蛇行食顷，凡四五升降，乃达洞门。入洞数丈，有一穴甚狭，若瓮口。同游虽至羸[12]者，亦须头腰贴地，乃得入穴。至此始篝火，一望无际，方纵脚行。数十步，又忽闭塞。度此则堆琼积玉，荡摇心魂，不复似人间矣。有黄龙白龙悬壁上；又有大龙池，龙盘踞池畔，爪牙露张；卧佛、石狮、石烛皆逼真。石钟、鼓楼，层叠虚豁，宛然飞阁。僧取石左右击撞，或类钟声，或类鼓声。突然起立者，名曰须弥[13]，烛之不见顶。又有小雪山、大雪山，寒乳飞洒，四时若雪。其他形似之属，不可尽记。大抵皆石乳滴沥数千年积累所成。僮仆至此，皆惶惑大叫。予恐惊起龙神，急呵止，不得，则令诵佛号，篝火垂尽，惆怅而返。将出洞，命仆敲取石一片，正可作砚山[14]。每出示客，客莫不惊叹为过崑山灵壁也。

四

　　从云水洞归，诸公共偃卧一榻上。食顷，余曰："陡泉甚近，盍[15]往观？"皆曰："往。"遂相挈循涧行。食顷至。石壁跃起百余丈，壁淡黄色，平坦滑泽，间似五彩。壁上有石，若冠若柱，熟视似欲下堕，使人头眩。壁腰有一处，巉巉攒结，成小普陀，宜供大士其中。泉在壁下，泓渟清澈，寺僧云："往有用此水熟腥物者，泉辄伏。至诚忏谢，复涌出如常，故相传称圣泉。"余携有天池茶[16]，命僧汲泉烹点，各尽一瓯，布毡磐石，轰饮至夜而归。

注释

[1] 衖（xiàng）：通"巷"。

[2] 饁（yè）妇：往田间送饭的妇女。

[3] 踵：脚后跟。

[4] 踄（bù）：行步。

[5] 郭索：蟹爬行的样子。

[6] 睥睨（pì nì）：城上短墙。

[7] 趺：花萼。

[8] 莳（shì）花：移栽花卉。

[9] 游裾：游人的衣襟。

[10] 黄芩（qín）：草本植物，根可入药。

[11] 揖送：拱手相送。

[12] 羸（léi）：瘦弱。

[13] 须弥：佛教传说中的名山。

[14] 砚山：砚的一种。依石的天然形状凿成，刻石为山，砚附于山，故名。

[15] 曷：古同"盍"，何不。

[16] 天池茶：浙江天目山所产的茶。

译文

一

从乌山口起程,路两侧山峰高低起伏,包裹着山涧,游人有如行走在小巷之中。中间经过村落、麦田、树中小屋,散落不绝。为田间耕夫送饭的妇女、放牧的孩子,隔着木篱往外惊诧地看着我们,村里的狗奔跑着迎出村外。到了接待庵,两面的石壁高耸入云,中间有一道石缝,最初我们还怀疑这道石缝是野猴的洞穴,或是蛇爬行的路径,心想也许别处还有道路可以到达山顶,谁知道原来就是要从这里通过。在前面引导的僧人钻入了石缝,大家于是争着赶过去。进到里面,大家才发现有如进到一只石匣之中,大家三步一回旋,五步一转弯,抬头仰视头顶上的太阳只剩下一轮白白的轮廓,大家在石缝中不断地跳来跳去,脚底下时而高起来,时而又低下去,才要感叹眼前山峰的奇妙,而前面又一座奇妙的山峰跃现眼前。大家跋涉一阵便休息一会儿,最后终于抵达了欢喜台。回头再看看这一众游人,就像是一队螃蟹举着螯在潭底爬行。大家各自从井中打上水来,一阵豪饮,仿佛将身子当成了瓦罐,虽然攀上爬下但终究也没能跳出围栏。远处的峰峦变幻,有的好似敌楼,城上的短墙、栏杆,应有尽有;又有的好似白莲花,下面有黄色的花托相衬,我不能一一全都记下。

二

　　从欢喜台登着台阶一直而上,转过九道弯,登上三百级台阶后,才登上毗卢顶。顶上有寺院一百二十座,红色、绿色的琉璃瓦交相错落,嵌进山岩之中。庵庙建造得都很精致绝妙,寺里都种上了花和竹,像江南人家的别墅。这时牡丹花正在开放,所有院子里都是一片红艳,香气萦绕,熏染得游人的衣襟上满是香气。寺里的僧人争着设宴招待游人,桌上满是各种山间野菜做成的佳肴,刚刚摘下来便放在锅里蒸煮了端上来,味道芳香脆美。唯独不懂得喝茶,只好拿出黄芩芽来代替,不过喝到嘴里味道也很好。夜里住在喜庵的方丈里,一起同榻休息的有王则之、黄昭素。黄昭素的鼾声好像是打雷,我一夜也没得休息。

三

　　在毗卢顶的右面,有一眼陡泉。在望海峰的左边,有大、小摘星峰。大摘星峰非常高。一位老僧说,山峰的后面有云水洞,里面很是深邃、奇幽。于是我立即摘掉头巾、脱去衣服,引导着众人前行。大家每人手中都拄着一支手杖,穿着短小的衣衫,彼此相看后忍不住发笑。到了山腰后,稍微休息了一下,之前所说的一百二十座寺院,竟然一一都在眼前,历历可数。

　　我登上摘星岭后,再抬头仰视峰顶,陡峭异常,高可入云,回头再看已经看不到众人,只好独自在峭壁下休息。这时不知一个什么东西忽然攀着藤萝闪身而过,敏捷得好似猿猴,到了眼前才看清那东西面目黧黑，身子瘦削得好似鬼一样，我的心里不觉一惊，头发汗毛惊恐得都直竖起来。那东西上前来打招呼，原来是个僧人。说了没有几句话，那个僧人向前指着他的住处给我看。我跟在他后面，进入一个小洞之中，里面有一张冰冷的石床，我在上面盘腿坐了一会儿，僧人端来黄芩芽汤，我喝了几口放下茶碗，然后留下一些钱才离开，那僧人也不懂得作揖相送。众人登上摘星岭之后，都说已经很疲倦了，于是便呼叫着摆上酒席，各自杯中都倒满了酒，一口喝掉。黄昭素则在石壁上题了字。

大家接着像蛇一样蜿蜒着顺着山道走了一顿饭的光景，上下坡有四五次，才到达洞门。进洞几丈之后，有一眼洞穴很是狭窄，好像一只坛子口，一起同游的虽然有很瘦弱的，但也需头和腰都贴着地才可以进到洞中。到了这里，大家开始点上篝火，眼前黑漆漆的看不到尽头，刚刚抬脚前行，可只走了几十步，前面又变得狭窄了。过了这里，前面的山石好似堆积着无数的美玉，使人禁不住心魂摇动，仿佛不像是在人间了。前面的岩石有的像黄龙、白龙悬挂在石壁上，又有的像一口大龙池，龙盘踞在池边，张牙舞爪。里面还有卧佛、石头狮子、石头蜡烛都很逼真。还有石钟、石鼓等，此外还有层层叠叠、虚实镂空的岩石，好似空中楼阁一般悬挂在岩壁上。僧人拿过石头来左右击打，竟然发出类似钟声和鼓声的声音。前面有一座突然耸立的岩石，名字叫须弥山，举着蜡烛照看，竟然看不到顶端，还有小雪山、大雪山，上面有冰冷的水飞洒下来，四时不停，仿佛雪花飞溅。其他还有许多形状的石头，不能一一记下来了。大抵都是石头上的水滴滴落几千年之后积累而成。仆从到了这里，都惊慌失措地大呼小叫。我恐怕他们惊起了龙神，立即上前喝止，仍然不听，便让他们念诵佛号，这时篝火已经快要燃尽了，大家落落而归。将要出洞时，命仆人敲下了一块石头，回去之后正好可以作为砚台使用。每次拿出来给客人看，客人没有不惊叹说超过昆山美玉的。

四

从云水洞回来之后，众位同游诸公都一起躺在一张床榻上。过了一顿饭的工夫，我说："陡泉离这里很近，大家何不前往游览？"大家都说："好！"于是大家便互挽扶着，顺着山涧前行。走了大概一顿饭的工夫便到了，抬头看，眼前一面石壁跃起有百丈高，石壁呈现淡黄色，平坦、光滑且有光泽，中间有五彩的颜色。石壁上还有一块石头，好像帽子又像是柱子，细看感觉好像随时会掉下来，使人头悬目眩。石壁的半腰有一处地方，高耸的山石集结，形成一座小普陀，上面很适宜供奉一尊观音大士像，一泓泉水在石壁下面，聚积在一处，很是清澈，寺里的僧人说："曾有人用这水煮荤腥的东西，泉水就消失了。直到诚心的忏悔，才又重新涌现出来，像以前一样。所以相互传说这里是圣泉。"我随身带有天池茶，命僧人打来泉水煮茶，每人喝了一杯，在石头上铺上毡子，狂欢到夜深才回去。

赏析

上方山在北京房山区，这里佛教文化昌盛，寺院众多，风景优美。

本文大致是按游踪顺序书写的,文中写景采用的是"移步换景法",按所见景物前后次序一一进行描述,但又不是平铺直述,而是有详有略,重点突出。《记一》主要写从乌山口到欢喜台的路景与山景;《记二》记叙了从欢喜台到喜庵的景色;《记三》写了登上毗卢顶、摘星岭,重点描述的是游览云水洞的情形。在几则游记中,这一篇写得最为生动有趣,除去对景色的细致刻画外,还记述了路遇"面目黧黑,瘦削如鬼"的僧人,并误以为怪物的小插曲,使文章更显有趣;《记四》主要写了游览陡泉的过程。这四则游记景观各不相同,而作者笔法灵妙,点染有道。他抓住每处景点的特色,简洁而又生动地进行勾画描写,写得不仅有层次,而且有色彩,有动态,有气氛。特别是记游云水洞一节,不断变换视点,赋予滴乳各种幻形以具体的形象,或比之"龙盘踞池畔,爪牙露张",或比之"寒乳飞洒,四时若雪",把处在静态下的钟乳岩石完全写活,活泼新奇,想象别致,足以令人心驰神往,如临其境。作者心境闲淡,随笔而记,率性而写,却令人在自然而然中感觉到一丝妙趣。

大酉洞[1]记

王世隆

作者简介————————

王世隆,沅陵(今湖南省怀化市)人,嘉靖五年(1526)进士,历官至贵州副使。退隐后回到故乡,因慕二酉山之名气建起的妙华书院,每日亲自为蒙童讲课七八个小时,课余则带领学生在山上开荒种地,一时名气远播。

  楚之西洞庭之北,有武陵桃花源,即昔人避秦处也。逾桃花源水行三驿程[2],即辰阳郡[3]。西北逾卢溪浦口四舍[4]许,为大酉山,即道书所谓第二十六大酉华妙洞天。古传所谓穆天子藏书于大酉山、小酉山之中者是也。

  山多石洞,谽谺[5]深邃,不类人世。其滨江者,特壁立倒出江侧,上有悬溜成石乳二:一击之作钟鸣,一作鼓鸣,旧名之曰"钟鼓洞"。其在内者曰"华妙洞",洞门甚狭隘幽暗,必扬燎[6]仄行乃可入。既入里许,即旷然平沙,可游可卧;再进,则有石室;相传为秦人藏书室,即穆天子[7]藏书处也。父老相传,先世有樵夫入洞中,即石室取书，出见风皆应手灭成灰尘，今则无可见矣。

　　山之巅有九峰岭。盖宋道宗[8]时，尝封禅天下名山福地，兹山亦以名胜得与，今犹有故封者九。志录为九峰岭者误也。山腰有会仙桥及张果炼丹池，虽不可信，而居民耕作，往往剧地多得灵砂满缶数四，盖必昔之幽人志士所栖隐也。庄子《让王篇》谓：舜有天下让于善卷，卷曰："吾日出而作，日入而息，逍遥自得于天地之间，吾何以天下为哉！"遂不受，逃之枉山。宋封为遁世高蹈先生，今其遗迹具存。而屈子[9]所谓"朝发枉渚兮，夕宿辰阳。"枉山，即兹山也。

　　世隆尝读书兹山。乡之人士，多从世隆游者，乃即兹山为书院，曰：大酉华妙洞书院。为堂二，曰："让王堂"；曰："逍遥堂"；盖皆本庄子语及善卷之事而名之也。曰："高蹈祠"，即宋故封之名以祠卷。曰："丹砂房"，盖辰之土物，莫灵于丹砂，故神农尝百草，以丹砂系之辰，其名著矣，故即地所出而名之。是皆余所作，因是以求之，庶几乎不与草木同朽腐也。其曰："钟鼓洞"；曰："秦人藏书室"；曰："会仙桥"；曰："张果炼丹池"；曰："九封岭"；则皆山所固有，予不得而增损之焉。

　　夫莫大于天下，莫圣于尧舜；卷也，乃于天下辞而不受，于尧舜薄之而不为者，其志远矣。要莫以隐逸一节之士论之也，正犹丹砂不列于人间饮食尝用诸品，而其为世外奇宝，则世固有知之者。呜呼，希矣！是岂易与俗人言哉？

注释

[1] 大酉洞：在今湖南沅陵西南北，酉阳土家族苗族自治县境内，是海拔670米处的一个大山洞。

[2] 驿程：谓三十里，古代三十里置驿。

[3] 辰阳郡：战国时楚地名，治所在沅陵，在今湖南沅陵县。

[4] 四舍：古代里程单位，一舍约合现在的三十里。

[5] 嶜岑：山石险峻的样子。

[6] 扬燎：高举起火把。燎，本义为燃烧，此引申为火把。

[7] 穆天子：即周穆王。

[8] 宋道宗：查刘宋、赵宋两朝，俱未有"道宗"庙号，疑误，待考。

[9] 屈子：即屈原。

译文

在楚地的西面，洞庭湖的北边，有武陵郡的桃花源，就是过去秦人逃避秦朝暴政的地方。渡过桃花源水，前行三个驿站的路程，就到了辰阳郡。向西北方再翻过卢溪浦口约一百二十多里，就是大酉山，也就是道书上所说的，第二十六洞天的大酉华妙洞天，古代传说的周穆王在大酉山、小酉山藏书的地方。

山中有许多石洞，山石险峻而深邃，好似不是人世间。濒临江岸的山峰，山壁奇特，高耸着向江面倾倒。上面有滴水形成的两根石钟乳：撞击其中的一根会发出钟鸣之声，另一根则发出鼓声，这里旧时称为"钟鼓洞"。在洞里面的叫"华妙洞",洞门很狭窄幽暗,一定要高举着火把,弯着身才可以进入。进洞后走一里多路,是空旷平坦的沙地,既可以游览,也可以躺卧休息;再进到里面,有一间石屋;相传是秦国人当年的藏书室,也就是周穆王藏书的地方。父辈们代代相传,说是前朝有砍柴的樵夫进到洞中,在石室里取出了藏书,结果出了洞,一见风古书就变成了灰尘,所以现在也见不到了。

山顶是九峰岭。据说在宋道宗时,曾有封禅天下的名山福地,这座山也因为有盛名流传而被封禅,现在还有原先封禅的遗迹九处,志录称为九峰岭是错误的。山腰处还有一座会仙桥及张果老的炼丹池,虽说不可信,可是居民在山上耕作时,常常在地里发掘出装满灵砂的陶罐,由此猜想,这里一定是古代的隐士、高人曾居住的地方。庄子在《让王篇》中说:舜帝有了天下打算让给善卷,善卷说:"我在太阳出来后便耕作,太阳落山了便休息,自由自在地生活在天地之间,我要天下有什么用呢!"于是不接受王位,逃往枉山。宋代时封善卷为遁世高蹈先生,直到现在遗迹还保存着。而屈原在诗中所说的"早上从枉岩出发啊,晚上住在辰阳。"枉山,便是这大小酉山。

我曾经在这座山中读书。乡里的人士,很多与我有过交游,后来便在这山中建立书院,叫大酉华妙洞书院。里面修建了两座书堂,一座叫"让王堂",一座叫"逍遥堂";都是根据庄子的话及善卷的事迹命名的。另外还有一座"高蹈祠",就用宋代封禅的名称来祭祀善卷。还有一座叫"丹砂房",因为辰阳本地的土产,没有比丹砂更灵验的,所以神农尝百草,将丹砂与辰阳联系在一起,于是辰砂也就有名了，所以便用当地所出的特产来称呼它。这些都是我所修建与命名的，是希望这些建筑能够保存下来，不要与草木一同腐朽了。其中还有一处叫"钟鼓洞"，一处叫"秦人藏书室"，一处叫"会仙桥"，一处叫"张果炼丹池"，一处叫"九甡岭"的，这些都是山中原有的，我不能对它增加或减少。

世间没有什么比天下还大，没有谁比尧舜还圣明的，而有人竟然心有轻薄，且推辞天下不受，他的志向一定很远大。总的说来不可只用隐士这一点来评论，正如丹砂不列入人间饮食中经常享用的食品，可是它是世外的奇宝，世人都知道的。哎，太稀少了！这难道容易与俗世间的人说吗？

赏析

《大酉洞记》记叙的是作者游览武陵郡桃花源大酉山上一座石洞的过程，这篇文章的独特之处在于，作者将景物与历史紧紧地捆绑在一起。开首便提出"武陵桃花源，即昔人避秦处也"，一下便将文章涂抹上了一层重重的历史文化的痕迹。随即，提出"大酉山，即道书所谓第二十六大酉华妙洞天。古传所谓穆天子藏书于大酉山、小酉山之中者是也"。接着开始游览"钟鼓洞""华妙洞"，但作者在写景叙事的同时，仍然不忘与历史文化相交融，"再进，则有石室；相传为秦人藏书室，即穆天子藏书处也。父老相传，先世有樵夫入洞中，即石室取书，出见风皆应手灭成灰尘，今则无可见矣。"这里不光有史实还有传说，登上"山之巅有九峰岭"，作者记述到"盖宋道宗时,尝封禅天下名山福地",而"山腰处还有一座会仙桥及张果老的炼丹池"接着为了进一步烘托出文化氛围的厚重,作者又引用了庄子《让王篇》中的话,引出善卷曾在此隐居,"宋封为遁世高蹈先生,今其遗迹具存。"而屈原诗中所记的柱山,也就是"兹山也"后一段,作者又列举了大酉华妙洞书院、祭祀善卷的高蹈祠、丹砂房、"钟鼓洞""秦人藏书室""会仙桥""张果炼丹池""九封岭",这些作者没有展开写,但由此却又为本篇积淀下了更为厚重的人文历史基调,使文章别具文化气息与历史的沧桑。

仙灯记

张延登

作者简介

张延登（1566—1641），字济美，号华东，别号小黄山居士，山东邹平人。万历二十年（1592）进士，授官河南内黄县知县，后擢拔为兵科给事中，累官太仆寺卿。曾巡抚浙江，任内平定周三老之乱。崇祯五年（1632）入为南京都察院右都御史。崇祯丁丑（1637）三月游泰山。崇祯十四年（1641），署刑部，因积劳成疾病逝，时年七十六岁。朝廷赠官太子太保。南明弘光时，追谥忠定。著有《京营巡视事宜》《黄门纪事》《晏海编》《悬袖便方》等。

会仙山[1]在邹平[2]西南十五里，旧传月重三[3]有仙灯见金母祠[4]前。先祖封吏部郎叠峰翁曾见之。

庚申春，余自京请沐[5]归，道人陈六吉来谓曰："仙灯近年数见，兹维其时，盍往观之？"遂约友人同往。时桃杏花盛开，烂灼山谷，士女裹粮，不绝日夕。至山前翠微之上书堂小憩。度漏下[6]可二鼓，出祠后半里，露坐候望。时四野昏黯，狂飚[7]忽作。道人曰："风伯[8]

戒涂[9]，灯兆也。"良久，无所睹，余意倦欲返。一僧忽呼佛曰："彼非灯乎？"余瞥视则见一灯色如白镠[10]，自西向东，去山不二尺许，飘渺行如人导者。已，悬空如月，渐如星而没。

方共称异，友人嚷呼曰："西南雾中红莲花现。"余错愕不及视。叹咤间，忽见谷口烂烂如列星。无何，山顶放大光明，高千余丈。萤红吐焰，朱烬辉辉，千枝万叶，如缨络，如幢幡，如幂，如屏，合而忽迸，非烟非云，烛龙吐照，翳阳复旭，莫得而名状之矣。从人诵佛，山谷响答咫尺，身在蓬瀛，不知奇遇之至是也。

次早，山上道士至，云："山顶百余人见山南灯。"及问以山顶灯，不知也。盖山上人身处灯中，不自见。正如余处山下又不能见山南南灯也。如意宝珠，四面满光，随人照取耳。余考传记，峨眉山中天晴云涌，银涛五采如轮，谓之"佛现"。夜半有光，熠熠来自天际，谓之"圣灯"。岂其是耶？然竟不知其何理。友人曰："揖金母[11]、拜木公[12]，人不识，惟张子房[13]知之。"余逊谢。因此而为之记。

注释

[1] 会仙山：在邹平县城西南，为长白山脉北部山群的主峰。周围环拱有大小山头几十座。相传八仙曾会集于此，故山以"会仙"命名。

[2] 邹平：县名，位于山东省中部偏北，今属滨州市。

[3] 月重三：即阴历的三月初三。

[4] 金母祠：供奉西王母的祠堂。

[5] 沐：本义为休息，此处指休假。

[6] 漏下：即漏刻（古计时器）的水面已经下落。后泛指时间已经很晚。

[7] 狂飔（sī）：狂风。飔，凉风。

[8] 风伯：风神。

[9] 戒涂：即戒途，准备上路，登程。

[10] 白镪：白色精美的金子。

[11] 金母：即王母娘娘，中国神话中掌管不死药、罚恶、预警灾厉的长生女神。

[12] 木公：又称东华帝君，中国民间信仰的神仙，与西王母共为道教尊神。

[13] 张子房：汉初大臣张良，字子房。传说他曾遇见仙人黄石公，授之以《太公兵法》。

译文

会仙山在邹平县城西南十五里的地方，过去传说每年的三月初三有仙灯出现在金母祠前。我故去的祖父吏部郎中叠峰老人曾经看到过。

庚申年的春天，我从京城休假回家乡，道士陈六吉来对我说："近几年仙灯几次出现，现在正是观赏仙灯的好时候，何不前去观赏呢？"于是我便约请友人一同前往。这时正是桃花、杏花盛开的时候，满山谷都是灿烂鲜艳的花朵，光彩照人。男男女女全都带着干粮，不论晨昏，络绎不绝。到了山前半山腰翠绿的林木上面的上书堂，稍微休息了一会儿。猜测这时已经快到二更左右时，我们走出金母祠，在后面半里地左右的地方，大家露天坐下来等候仙灯的出现。这时四周一片昏暗，忽然狂风大作，道士说："已经开始起风了，这是仙灯即将出现的征兆。"可是过了好久，什么也没看到，我的心情有些灰冷，就想回去。这时，就听一个僧人忽然念着佛号说："那不是仙灯吗？"我用眼睛一瞥，就见一点灯光有如白色的金子，从西向东，离山不到二尺，飘飘摇摇地前行，好似有人引导似的。到了巳时，悬在空中犹如明月，后来渐渐地变成星光，逐渐消失了。

大家正相互议论这件奇异的事情，一位朋友突然大叫着说道："西南方向的云中有朵红莲花出现了。"我惊愕地来不及去看，正在惊诧之间，忽然看到谷口灿烂得有如一列星辰。不一会儿，山顶上大放光明，高千余丈。好似萤火虫的萤火，喷吐出红色的火焰，等到红色的火光燃尽了，天空中飞起无数的火星，好似千枝万叶，又好似璎珞、幢幡，有的像围巾，有的像屏风，一会儿合拢在一起，一会儿又忽然迸开，不像是烟也不像是云，好像烛龙从嘴里吐出火光，将太阳遮蔽之后又重新放出光芒一般，难以形容它的形状。随从的人们有的开始念诵佛号，山谷间响起的回音，好似就在咫尺之间，仿佛身在蓬莱、瀛州之类的仙岛上，而自己却丝毫不知道奇景的到来。

第二天早晨，山上的道士来了说："山顶上有一百余人看到了山南的仙灯。"等问到山顶上的仙灯时，却不知道。大概山顶上的人身在仙灯之中，无法看到自身，正像我处在山下无法看到山南的仙灯一样。又好似如意宝珠，四面放射光彩，随便由人去撷取。据我考证古籍，峨眉山中天气晴朗的时候云气涌动，会出现银白色的云涛被渲染得五光十色，像五彩的车轮，人们称之"佛出现"。夜半时分有光芒闪烁着从天边射来，人们称之为"圣灯"。难道就是这样吗？然而我究竟不知道这是什么道理。我的朋友说："人们向金母作揖，向木公礼拜，可是谁也没见过金母、木公的模样，只有张子房知道。"我谦让辞谢。因此写下了这篇游记。

赏析

这篇游记的性质既非描绘优美的风景，也没有彰显作者华丽的文笔、厚重的哲思谈吐，而是记述一种奇遇，也就是类似于程敏政的《夜渡两关记》、李东阳的《中元谒陵遇雨记》这类的游记形式。但在这篇文章中，作者既没有遇到像《夜渡两关记》中山中遇虎的惊险，也没有遇到激流中落水的惊恐，而是亲历了一种在古人看来属于"神仙显灵"的神秘现象。

会仙山在邹平县城西南十五里的地方，过去传说每年的三月初三有仙灯会出现在金母祠前，文章开头便点明了题意。随即作者"遂约友人同往"，二鼓时分，"出祠后半里，露坐候望。"这时"四野昏黯"，忽然狂风大作，同行的道人说："风伯戒涂，灯兆也。"这一起始的渲染，可谓成功，将读者一下子带入了一种神秘的世界之中，随即一名僧人忽然喊着佛号说："彼非灯乎？"大家一起观看，"则见一灯色如白镠，自西向东，去山不二尺许，缥渺行如人导者。已，悬空如月，渐如星而没。"这是第一个高潮，随即众人又惊呼："西南雾中红莲花现。"于是大家忙看，"忽见谷口烂烂如列星。无何，山顶放大光明，高千余丈。萤红吐焰，朱烬辉辉千枝万叶，缨络如幢幡，如幕，如屏，合而忽迸，非烟非云，烛龙吐照，翳阳复旭，莫得而名状之矣。"这一大段的描写可谓是细腻真实,将仙灯的颜色、形状描述得真真切切,从而形成观仙灯的第二个高潮。文章最后,作者从峨眉山的"佛现"来试着解释这种现象,可又无法令自我信服,于是只得用友人的话"揖金母、拜木公,人不识,惟张子房知之"来草草结束。

虎丘记 [1]

袁宏道

作者简介

　　袁宏道（1568—1610），明代文学家，字中郎，荆州公安（今属湖北公安）人。明神宗万历二十年（1592），中进士，三年后，被选为吴县（今江苏）县令。转年便托故辞职。随即游遍东南名胜，足迹遍于无锡、杭州、绍兴、桐庐、歙县山水间，与友人陶望龄、潘景升等人诗酒酬答。万历二十六年（1598），起为顺天府（今属北京）教授。次年迁国子监助教。第三年补礼部仪制清吏司主事。万历二十八年（1600），袁宏道因兄袁宗道去世，乃上《告病疏》请假归。他筑"柳浪馆"于公安城南，终日与少年旧友吟诗作文，寄趣山水。后返京迁吏部验封司主事。万历三十八年（1610），袁宏道以吏部验封司郎中告归。此时公安正值大水，他卜居沙市，筑砚北楼，以便晚年在此"息影卧游"，游艺诗书，"疏瀹性灵"。但不久患病不起，于同年九月六日遽然去世，终年四十三岁。袁宏道在文学上反对"文必秦汉，诗必盛唐"的风气，提出"独抒性灵，不拘格套"的"性灵说"。与其兄袁宗道、弟袁中道并有才名，合称"公安三袁"。著有《袁中郎全集》《徐文长传》《瓶史》《广陵集》等。

虎丘去城可七八里，其山无高岩邃壑，独以近城，故箫鼓楼船，无日无之。凡月之夜，花之晨，雪之夕，游人往来，纷错如织，而中秋为尤胜。

每至是日，倾城阖户，连臂而至。衣冠士女，下迨蔀屋[2]，莫不靓妆丽服，重茵累席[3]，置酒交衢[4]间。从千人石[5]上至山门，栉比如鳞，檀板丘积，樽罍[6]云泻，远而望之，如雁落平沙，霞铺江上，雷辊[7]电霍，无得而状。

布席之初，唱者千百，声若聚蚊，不可辨识。分曹部署，竞以歌喉相斗，雅俗既陈，妍媸自别。未几而摇手顿足者，得数十人而已；已而明月浮空，石光如练，一切瓦釜，寂然停声，属而和者，才三四辈；一箫，一寸管，一人缓板而歌，竹肉[8]相发，清声亮彻，听者魂销。比至夜深，月影横斜，荇藻[9]凌乱，则箫板亦不复用；一夫登场，四座屏息，音若细发，响彻云际，每度一字，几尽一刻，飞鸟为之徘徊，壮士听而下泪矣。

剑泉[10]深不可测，飞岩如削。千顷云[11]得天池[12]诸山作案，峦壑竞秀，最可觞客[13]。但过午则日光射人，不堪久坐耳。文昌阁亦佳，晚树尤可观。而北为平远堂旧址，空旷无际，仅虞山[14]一点在望，堂废已久，余与江进之[15]谋所以复之，欲祠韦苏州[16]、白乐天[17]诸公于其中；而病寻作，余既乞归，恐进之兴亦阑矣。山川兴废，信有时哉！

吏吴两载，登虎丘者六。最后与江进之、方子公同登，迟月生公石上。歌者闻令来，皆避匿去。余因谓进之曰："甚矣，乌纱之横，皂隶之俗哉！他日去官，有不听曲此石上者，如月！"今余幸得解官称吴客矣。虎丘之月，不知尚识余言否耶？

注释

[1] 虎丘记：袁宏道曾在万历二十三年（1595）任吴县县令，这期间，曾经六次前往虎丘游览。转年，袁宏道解职离任前，留连虎丘的胜景，于是写下这篇游记。虎丘，苏州名胜之一。相传春秋时吴王阖闾埋葬在这里，三天后有虎来蹲踞墓上，因此得名。

[2] 迨：到，接近。蔀（bù）屋：本义为用草席盖顶的屋子，此指穷苦人家阴暗破陋的小屋。

[3] 重茵累席：意为铺着层层的垫褥。茵，垫褥。

[4] 交衢：指道路交错的要冲之处。

[5] 千人石：位于虎丘中心地带的一块巨石，上面据说可容千人，传说为南朝宋高僧竺道生说法的地方，又名生公石。

[6] 樽罍（léi）：都是古代盛酒的器皿。罍，外形似坛子。

[7] 雷辊：这里指滚动的雷声。辊，通"滚"。

[8] 竹肉：竹指箫笙等乐器，肉指歌喉。

[9] 荇藻：叶子浮在水面，根生在水底的一种草本植物。

[10] 剑泉：又名剑池，位于千人石以北。池子为长方形，清泉一泓，深有两丈，峭壁如削，藤蔓披拂。春秋时吴王阖闾的陵墓就在池旁。据说阖闾爱剑，下葬时以"鱼肠"等三千剑殉葬，秦始皇和孙权都派人凿石求剑，因成剑池。亦说剑池是冶炼宝剑的淬火处。

[11] 千顷云：在虎丘寺方丈前，宋度宗咸淳八年（1272）建，取苏东坡诗"云水丽千顷"而名。

[12] 天池：山名，在阊门外三十里。相传山顶有池，生千叶莲花，因此又叫"花山"或"华山"。

[13] 觞客：供游客饮酒。

[14] 虞山：在江苏常熟县西北，距虎丘约一百里。

[15] 江进之：即江盈科，字进之，桃源（今湖南桃源县）人。万历二十年（1592）进士，官至四川提学副使，时任长洲县令。著有《雪涛阁集》。

[16] 韦苏州：即韦应物，唐代著名诗人。曾任苏州刺史。

[17] 白乐天：即白居易，唐代著名诗人，也曾任苏州刺史。

译文

虎丘离苏州城大约七八里路，这座山没有高耸的崖壁与幽深的山谷，只不过因为靠近城市，因此敲着鼓乐、吹着箫管的楼船，没有一天停下的。凡是有月明之夜，鲜花盛开的早晨，大雪纷飞的黄昏，游人往来如梭，就好像织布一样，其中以中秋节最为热闹。

每到这一天，全城人都锁了门，挽着手并着肩而来。上至官宦、乡绅、士子、妇女，下至穷苦百姓，全都擦了脂粉，穿着亮丽的衣服，铺了层层的草垫席褥，将酒肴摆在四通八达的大路边。从千人石一直到山门，鳞次栉比地连成一片。伴奏的檀木拍板堆积如小山，酒杯、酒坛里的酒如流云一般倾泻，远远望去，犹如成群的大雁散落在平坦的沙滩上，红霞铺满江面，电闪雷鸣，没法一一描述出这些景物的形状。

刚开始开设筵席的时候，唱歌的人成百上千，声音如聚成一团的蚊子，没法辨识。等到分出类别，按次部署之后，人们争相以歌喉一比高低；高雅的乐曲和平俗的歌乐各自呈献，美的和丑的一目了然，瞬间分辨了出来。不多时，摇头跺脚按节拍而歌的，只不过几十个人而已。再过一会儿，明月升到虚渺的夜空了，月光洒在石头上，犹如一片白色的绢绸，这时一切粗俗的歌曲都悄然停止，依然跟随着唱和的，不过三四个人而已。一支竹箫，一寸笙管，一个人慢慢地打着拍板唱着，箫管之声伴着歌喉，声音清澈而洪亮，使听的人心魂摇动。等到夜深，月光下的影子已经西斜，好似零乱的水草杂乱无章，索性连箫板也不用了，一个人登上场来，周围的人全都屏住声息，声音尖细得犹如细细的头发，响彻云端，每吐一个字，几乎拖长到了一刻之久，天上的飞鸟听了都为之回绕，壮士听了都会感动得流下眼泪。

剑泉深得无法测量，耸峙的岩石有如斧劈一般。千顷云因为有天池等山作为几案，山峦和沟壑争奇斗艳，这里最适合请客喝酒。但是过了中午，阳光便会直射下来，不能久坐。文昌阁也极为雄奇，尤其是晚上的树林更是迷人。北面是平远堂的旧址，一片空旷没有边际，只能远远地看到虞山一点影子。平远堂已经荒废很久了，我和江进之商量着怎样修复它，想要将韦应物、白居易等人供奉在里面。但不久我便生了病，所以只好先辞了官，请假回家养病，这样恐怕进之的兴致也没有了。山川的兴旺和荒弃，确实有它的运数啊！

在吴县做官两年，前后登临虎丘六次。最后一次和江进之、方子公一起登临，我们坐在生公石上等候月出。唱歌的人听说县令来了，都藏匿了起来。我因此对进之说："做官的横行，衙役粗俗，是多么厉害呀！以后辞官了，有不在这石上听歌的，有月亮为证！"现在我有幸得以免去官职客居吴县，虎丘的月亮不知道还记得我的话吗？

赏析

袁宏道在万历二十三年（1595）二月，由京都赴吴县任职。两年后，在解官之际，袁宏道写下了这篇虎丘游记，回顾了自己为官二载，六登虎丘的深切感受。文章开篇，即点出虎丘虽"无高岩邃壑"，但"箫鼓楼船，无日无之"。"凡月之夜，花之晨，雪之夕，游人往来，纷错如织"，而且以"中秋为尤胜"。写于此，本以为作者会尽写虎丘中秋月夜的优美景色，可是下面却突然笔锋一转，将视角切入到游览虎丘的各色人物的情态之中：红男绿女、曲艺俳优、杂耍艺人、雅士文人，一一点染，无不传神尽意。尤其是对歌的场面，作者从千百之众斗歌一直写到"一夫独唱"，从而使文章的脉落由喧闹逐渐归于静寂，热烈趋于空灵，如此读来，使人感到文章的层次清晰明了，意境跃动新奇，将一幅生动活波的江南民俗画卷展现在读者眼前。最后一段虽然采用游记中常见的"即景抒情法"，但笔触却不同凡响。作者感叹因"乌纱之横，皂隶之俗"，而使自己同游人隔绝，深得反衬之力，突出地表现了作者厌倦官场，希望寄情山水，渴望隐于民间的理想。

天目 [1]（选一）

袁宏道

天目幽邃奇古不可言，由庄[2]至颠[3]可二十余里。

凡山深僻者多荒凉，峭削者鲜迂曲；貌古[4]则鲜妍不足，骨大则玲珑绝少，以至山高水乏，石峻毛枯，凡此皆山之病。

天目盈山皆壑，飞流淙淙，若万匹缟[5]，一绝也。石色苍润，石骨奥巧[6]，石径曲折，石壁竦峭，二绝也。虽幽谷县[7]岩，庵宇皆精，三绝也。余耳不喜雷，而天目雷声甚小，听之若婴儿声，四绝也。晓起看云，在绝壑下，白净如绵，奔腾如浪，尽大地作琉璃海，诸山尖出云上若萍，五绝也。然云变态最不常，其观奇甚，非山居久者不能悉其形状。山树大者，几四十围，松形如盖，高不逾数尺，一株值万余钱，六绝也。头茶[8]之香者，远胜龙井[9]，笋味类绍兴破塘[10]，而清远过之，七绝也。余谓大江之南，修真栖隐之地，无逾此者，便有出缠结室之想矣。

宿幻住[11]之次日，晨起看云，以后登绝顶，晚宿高峰死关[12]。次日由活埋庵[13]寻旧路而下。数日晴霁甚，山僧以为异，下山率相贺。山中僧四百余人，执礼甚恭，争以饭相劝。临行，诸僧进曰："荒山僻小，不足当巨目[14]，奈何？"余曰："天目山某等亦有些子分[15]，山僧不劳过谦，某亦不敢面誉。"因大笑而别。

注释

[1] 天目：天目山，古称浮玉山，在浙江临安县北。分东西两支，双峰雄峙，并多为怪石密林。相传峰巅各有一池，左右相望，故称"天目"。

[2] 庄：指的是天目山下双清庄。相传梁昭明太子萧统在西天目读书，在东天目参禅，曾双目失明，以东西天目泉水洗眼后复明，故名双清庄。

[3] 颠：同"巅"。

[4] 貌古：指山貌显得古老、古朴。

[5] 缟（gǎo）：白色的丝绢。

[6] 奥巧：绝妙精巧。

[7] 县（xuán）：同"悬"。

[8] 头茶：第一次采摘的春茶。

[9] 龙井：一种著名的绿茶，产于浙江杭州附近的龙井一带。

[10] 破塘：浙江绍兴地名，以产笋著称。

[11] 幻住：即幻住庵。

[12] 高峰和死关：都是天目山上的地名。死关，因地形险恶，故此得名。

[13] 活埋庵：在狮子岩南方的香炉峰后面，为元代中峰和尚禅寂的地方。

[14] 巨目：指眼界开阔，有见识。

[15] 些子分：一点儿份。分（fèn），同"份"，份额。

译文

　　天目山幽静、深邃、奇异、古朴，难以用言语来描述。由双清庄到山顶有二十余里。但凡幽深、偏僻的大山大多荒凉；陡峭的山很少有迂回曲折的山路；山貌古朴则鲜艳美丽不足；山的骨架庞大则精巧玲珑的少；以至于山势高水就贫乏；山石险峻，山上的草木就会枯败。这些都是大山的缺陷。

　　天目山满山都是深沟，瀑布的水流淙淙作响，有如万匹白色的丝绢，这是天目山第一个绝妙的地方。石头的颜色苍翠润泽，山石的棱角绝妙精巧，石头小路曲曲折折，石壁高耸陡峭，这是天目山第二个绝妙的地方。即使在幽谷、悬崖处，庙宇也建得极为精致，这是天目山第三个绝妙的地方。我的耳朵不喜欢听到雷声，但天目山打雷的声音非常小，听起来就像婴儿啼哭的声音，这是天目山第四个绝妙的地方。清晨起来看天目山的云彩，在悬崖的下面，白净得好像棉花，奔腾好似浪花，好像大地都变成了一片琉璃的海洋，每座山峰的山尖都突出于云海之上，如同一片片浮萍，这是天目山第五个绝妙的地方。然而云彩的变化最不同寻常，景观非常奇特，如果不是在山里久居的人，根本不能熟知云彩的形状。天目山中的大树，粗的有四十围，松树的形态如同华盖一样，树高不过几尺，一棵树价值万余钱，这是第六个绝妙的地方。天目山每年首次采摘的茶叶，清香远胜于龙井茶。竹笋的味道好似绍兴破塘的竹笋，但比其清爽，这是天目山第七个绝妙的地方。我认为，长江的南面，要寻找修行隐居的地方，没有比天目山更好的，于是我便生起了脱离尘世、隐居山林的念头。

住宿在幻住寺的第二天，早晨起来看云，巳时后登上绝顶，晚上住在高峰死关。第二天从活埋庵沿着上山的路下山。这几天天气十分晴朗，山寺的和尚认为天气奇异，下山时互相祝贺。山寺的和尚有四百多人，行礼非常恭敬，相互争着用饭招待我。等到要走的时候，山里的和尚说："天目山偏僻而且狭小，不足以担当超群之士的观赏，怎么办？"我说："我和天目山也有些微妙的缘分，山僧们不必过于谦虚，我们也不敢当面称赞。"于是众人大笑着分别。

赏析

这篇《天目》区别于作者其他游记最大的不同之处，在于本文不着意于记游，而是以归纳的性质边叙边议出天目山的独绝佳处。先是一句"幽邃奇古不可言"，总概出天目山的特点，随后分别以七绝归纳出天目山幽邃奇古之处：盈山皆壑、飞流淙淙，一绝也；石色苍润、石骨奥巧，二绝也；幽谷县岩，庵宇皆精，三绝也；雷声甚小、若婴儿声，四绝也；晓云如绵，奔腾如浪，五绝也；山树巨围，松树连城，六绝也；头茶胜龙井、笋味类破塘，七绝也。真正是大江之南，修真栖隐之地，无逾此者。作者以活泼的笔触、简洁的语言写上述景物的特征，点出独绝处即止，不铺叙，不渲染，却令人感到新奇奥妙，别有情趣。篇末作者用诙谐语言对山僧说："天目山某等亦有些子分。"这一句话将全文的意境提升到了一个新高度，也将作者的性灵追求悄悄地传递出来，文与境，性与景，完美地融合地一起。

满井[1]游记

袁宏道

燕地寒,花朝节[2]后,余寒犹厉。冻风时作,作则飞沙走砾。局促一室之内,欲出不得。每冒风驰行,未百步,辄返。

廿二日,天稍和,偕数友出东直[3],至满井。高柳夹堤,土膏微润,一望空阔,若脱笼之鹄[4]。于时冰皮始解,波色乍明,鳞浪层层,清澈见底,晶晶然如镜之新开而冷光之乍出于匣也。山峦为晴雪所洗,娟然如拭,鲜妍明媚,如倩女之靧面[5]而髻鬟[6]之始掠也。柳条将舒未舒,柔梢披风,麦田浅鬣[7]寸许。游人虽未盛,泉而茗者,罍而歌者,红装而蹇者[8],亦时时有。风力虽尚劲,然徒步则汗出浃背。凡曝沙之鸟,呷[9]浪之鳞,悠然自得,毛羽鳞鬣[10]之间,皆有喜气。始知郊田之外,未始无春,而城居者未之知也。

夫能不以游堕事[11]而潇然于山石草木之间者,惟此官也。而此地适与余近,余之游将自此始,恶能无纪?己亥[12]之二月也。

注释

[1] 满井：明清时期北京东北角的一口古井，因"井高于地，泉高于井，四时不落"，所以叫"满井"。

[2] 花朝（zhāo）节：指旧时阴历二月十二日，据说这一天是花神的生日。

[3] 东直：北京东直门，在旧城东北角。满井在东直门北三四里。

[4] 鹄：天鹅。

[5] 靧（huì）面：洗脸。

[6] 髻鬟：环形的发髻。

[7] 浅鬣（liè）寸许：形容不高的麦苗。鬣，兽颈上的长毛。

[8] 茗：茶。罍：酒杯。蹇：这里指驴。泉、茗、罍、蹇此处都是作动词用。

[9] 呷（xiā）：本义为吸。

[10] 毛羽鳞鬣：泛指一切动物。

[11] 堕（huī）事：耽误公事。

[12] 己亥：明万历二十七年（1599）。

译文

北京地区天气寒冷，花朝节过后，冬天的寒气还是很厉害。冷风时常刮起，刮起后就飞沙走石。我被迫留在一间小屋内，想出去又不能。每次顶着风疾行，可是不到百步就又返回来了。

二十二日那天，天气稍微暖和，我偕同几位好友出东直门，到满井。那里，堤岸之上高大的柳树夹立，肥沃的田地有些潮湿，一眼望去空旷开阔，那一刻我感觉自己好像是逃脱牢笼的天鹅。这时河里的冰刚刚开始融化，水波一片光亮，如鱼鳞一般的波浪一层一层，清澈见底，亮晶晶的好似刚刚打开的明镜，而清冷的光辉仿佛突然从镜匣中射出来一样。山峦被晴天融化的积雪刚刚洗过，秀美得好像刚刚被擦拭过一样，鲜艳明媚，有如美丽的少女洗了脸刚梳好的发髻一样。柳枝将要舒展还没舒展，细柔的树梢在风中飘散，刚刚长出寸许的麦苗有如兽颈上的长毛。游人虽然还不多，但用泉水煮茶喝的，端着酒杯唱歌的，身着艳装骑着毛驴的，也时时能看到。风力虽然还很强，然而步行的话一会儿就会汗流浃背。那些在沙滩上晒太阳的鸟，浮到水面上戏水的鱼，是那么悠然自得，所有的动物都透露出一种喜气。我这才知道郊野之外未曾没有春天，可住在城里的人却不知道啊！

不会因为游览而耽误公事，能悠闲自得地在山石草木之间游玩的，恐怕只有我这个职位的人了。而此地正好离我住的地方很近，我的游览从这里开始，怎能不记述下来？这一日是明万历二十七年二月。

赏析

万历二十六年（1598），袁宏道收到在京城任职的哥哥袁宗道的信，让他进京。他只身来到北京，被授予顺天府教授。转年，升为国子监助教，《满井游记》便是写于这一年的早春，他和几个朋友一起游览了京郊的满井，满怀愉悦心情写的。

北京旧俗以阴历二月十五花朝节。这一天人们要到野外去赏春，可是，这一年过了花朝节，天气仍然"余寒犹厉，冻风时作"，被寒风沙砾所阻，不得不"局促一室之内"，其懊丧和郁闷可想而知。可是作者探春出游之意早已按捺不住，于是在"廿二日天稍和"立即同几位朋友出东直门，到满井去。出城之后，眼睛所见"高柳夹堤，土膏微润"；心头不禁漾出一股春天终到了的喜悦。他四望郊原，一片空阔，快活的心情"若脱笼之鹄"。随后"冰皮始解"几句写春水之美。"鳞浪层层，清澈见底，晶晶然如镜之新开而冷光乍出于匣也"，这是写微风吹过水面，漾起鱼鳞般的波纹。接着，"山峦为晴雪所洗"几句，是写春山之美。写水写山之后，转笔写植物。"柳条将舒未舒""柔梢披风"，这几句写杨柳，回应前面"高柳夹堤"一句，而作进一步的领略观赏。"麦田浅鬣寸许"，则回应前面"土膏微润"一句。作者以极其简练的文字，把景物的特征和自己的审美感受鲜明地表现出来，每一句都渗透着喜悦的感情色彩。从初到野外写起，进而逐层展示春水之美，春山之美，杨柳之美，麦苗之美，构成了一幅北国郊原的早春风光图。

由水溪[1]至水心崖[2]记

袁宏道

晓起揭篷窗,山翠扑人面。不可忍,遽趣[3]船行。逾水溪,十余里,至沙萝村[4]。四面峰峦如花蕊,纤苞浓朵,横见侧出,二十里内,秀蒨阁眉[5],殆不可状。夫山远而缓,则乏神;逼[6]而削,则乏态。余始望不及此,遂使官奴息誉于山阴[7],梦得悼言于九子也[8]。又十余里至倒水崖[9]。崖削立数十仞,正侧面皆霞壁。有窦八九,下临绝壑。一窦悬若黄肠[10]者五,见极了了[11]。问山中人,云有好事者,乘涨倚舰,令健夫引絙[12]而上,至则见有遗蜕[13],沉香为棺。其言不可尽据,然石无寸肤,虽猿猱不能攀,不知当时何从置此。

又半里,至渔仙寺[14]。寺有伏波[15]避暑石室,是征壶头[16]时所凿,余窦历历如僚幕。寺幽绝,左一小峰拔地起,若盆石,尖秀可玩。江光岫色[17],透露窗扉间。一老僧方牧豕[18],见客不肃。问几何众[19],曰:"单丁无徒侣。"相与咨嗟而去。

又数里,至穿石[20]。石三面临江,锋棱怒立,突出诸峰上,根锐[21]而却[22],末垂水如照影,又若壮士之将涉。石腹南北穿,如天阙门,高广略倍。山水如在镜面,缭青萦白,千里一规,真花源中一尤物也。一客忽咳,有若瓮鸣。余因命童子度吴曲[23]。客曰:"止止!否则裂石。"顷之，果有若沙砾堕者。乃就船，又十余里，至新湘溪[24]。众山束水，如不欲去。山容殊闲雅，无刻露态。水至此亦敛怒，波澄黛蓄，递相亲媚，似与游人娱。大约山势回合，类新安江[25]，而淡冶相得[26]，略如西子湖。

如是十余里，山色稍狞，水亦渐汹涌，为仙掌崖[27]。又数里，山舒而畦见，水落而滩见，为仙人溪[28]。既迫夜，舟人畏滩声，不敢行，遂泊于滩之渴石上。滩皆石底，平滑如一方雪，因命小童烹茶石上。

次日舟发，见水心崖如在船头，相距才里许。榜人[29]踊跃，顷刻泊崖下。崖南逼江岸，渔网溪[30]横啮[31]其趾，遂得跃波而出。两峰骨立无寸肤，生动如欲去。或锐如规，或方如削，或欹侧如堕云，或为芙蓉冠[32]，或如两道士偶语，意态横出。其方者独当溪流之奥，遒古之极[33]。对面诸小峰，亦有佳色，为之佐妍，四匝皆龙湫[34]，深绿畏人。崖顶有小道房，路甚仄，行者股栗，数息乃得上。既登舟，不忍别，乃绕崖三匝而去。

石公[35]曰："游仙源[36]者当以渌萝[37]为门户，以花源为轩庭，以穿石为堂奥，以沙萝及新湘诸山水为亭榭，而水心崖乃其后户云。"大抵诸山之秀雅，非穿石，水心之奇峭，亦无以发其丽，如文中之有波澜，诗中之有警策也。君超[38]又为余言，灵岩[39]及诸山之幽奇甚多，要余再来。余唯唯，他日买山，当以此中为第一义也。

注释

[1] 水溪：在湖南桃源县南桃花洞附近，据作者《由渌萝山至桃源县记》记述，水溪距桃花洞二里许。

[2] 水心崖：在桃源西南的沅江中。

[3] 遽（jù）：急，仓猝。趣：通"趋"，催促。

[4] 沙萝村：在桃源西南的沙萝山下。

[5] 秀蒨：美丽的花草。阁眉：通"阁楣"，楼阁房檐。这句泛写远望山野寺院景色。

[6] 逼：迫近。

[7] 官奴：东晋著名书法家王羲之之子王献之的小字。息：停止。誉：赞美。山阴：今浙江绍兴。王献之曾说过："从山阴道上行，山川自相映发，使人应接不暇。"这句是说，水溪风景之美，可使王献之不再赞誉山阴。

[8] 梦得悼言于九子也：梦得，唐代诗人刘禹锡的字。悼，伤心。九子，安徽青阳九华山，旧名九子山。刘禹锡《九华山歌·引》中说，他曾以为除太华山、女儿山、荆山之外，没有更奇更秀之山，"及今见九华，始悼前言之容易也"。这句是说，水溪的山水会使刘禹锡后悔当初不该赞美九华山。

[9] 倒水崖：在桃源西南。

[10] 黄肠：古代葬具，因柏木严密积叠、黄心向外得名。这句是说，有一个洞里像是吊着五具棺木。

[11] 了了：明白，清楚。

[12] 緪（gēng）：粗绳。

[13] 遗蜕：佛教用语，灵魂离去以后留下的躯壳，即尸体。

[14] 渔仙寺：在桃源西南。

[15] 伏波：指东汉初年名将马援，因复兴征战有功，受封为伏波将军。据《后汉书》记载，建武二十四年（48），马援请战，征湘西的五溪蛮，路经这一带时值酷暑，热不可耐，曾在此凿石室避暑，最后病死这一带。

[16] 壶头：山名，在今桃源与沅陵交界处，当时五溪蛮据此。

[17] 岫（xiù）色：山色。

[18] 方牧豕：正在放猪。

[19] 几何众：有多少僧徒。

[20] 穿石：山名，在桃源西南。

[21] 根锐：下部狭窄。

[22] 却：向后退的样子。

[23] 度：度曲，唱歌。吴曲：吴声歌曲，原指南朝乐府民歌，此指江南民歌。

[24] 新湘溪：又名清湘溪，在桃源西。

[25] 新安江：发源于安徽南部，向东南流至浙江建德，汇入钱塘江。

[26] 淡冶相得：素雅、艳丽相配妥帖。

[27] 仙掌崖：在新湘溪西边。

[28] 仙人溪：又名关溪、千人溪，在桃源西。

[29] 榜（bàng）人：船工。

[30] 渔网溪：又名怡望溪，均为夷望溪之讹音，为沅江支流。两水汇合处有夷望山（即水心崖）耸立水中。

[31] 啮（niè）：咬。

[32] 芙蓉冠：传说是仙人卫叔卿见汉武帝时所戴的冠帽，此指道冠。

[33] 遒古之极：雄健古朴到了极点。

[34] 龙湫（qiū）：上有瀑布下有深潭的地方。

[35] 石公：袁宏道的号，这里是作者自称。

[36] 仙源：泛指桃花源一带，因处处奇异，所以称仙源。

[37] 渌（lù）萝：山名，在桃源城南。

[38] 君超：龙襄，字君超，武陵（今湖南常德）人，龙氏兄弟与袁氏兄弟有宿好，作者离武陵，君超同游。

[39] 灵岩：山名，在桃源北，有五洞相连，洞中有小河。旧日评论桃源山水，灵岩为第一。

译文

一早起来，推开篷船的舱窗，青翠的山色迎面送入眼帘。心情一时激动难以克制，于是便赶忙催促船工开船。过了水溪十多里到了沙萝村。村子的四面峰峦叠嶂，好似花蕊一般伫立，这些纤细浓艳的花苞，纵横绵延，在二十里的范围内。这些山野寺院景色，全都没法一一描述。一般说，山势离得远便趋于和缓，那样看上去便显得缺乏灵动的神采；而离得太近了便会高耸上去，那样又太缺乏形态变化。我最初并没想到能见到这么美妙的山水景色，这恐怕真要使王献之赞叹山阴美景的声音停止，也令刘禹锡后悔自己赞叹九华山的轻率。又顺水行了十余里，到了倒水崖。山崖尖削倒立有几十仞高，正面和侧面都是五彩的石壁。上面有八九座山洞，下面便是深不可测的峡谷。一座山洞里悬挂着黄心柏木做成的五口棺材，从远处可以看得十分真切。向山里的人打听，回答说："有喜欢钻研事物的人，借着河水上涨，乘着大船，让健壮的人用力拉着绳索向上，进到里面就会发现有许多的遗骸，都是用沉香木做的棺木。"这个人说的话不能全都相信，但山崖上没有一寸土，就是猿猴也不能攀登上去，只是不知当时用什么办法放置如此笨重的棺木。

又走了半里路，到了渔仙寺。寺里有伏波将军马援避暑的石屋，这是他当年进军壶头时开凿的，这里还有一些洞穴历历在目，犹如当年的幕僚的营帐。寺院很是幽静，在左边有一座小山峰拔地而起，好似一盆山石盆景，尖耸清秀，玩味十足。山光水色，从船窗中倒映进来，有一位老僧正在放猪，见到客人来了也不知道恭迎。问他寺里有多少僧人，说是只有他一个人，并没有其他僧侣。于是叹息了一番，这才离去。

又前行了几里，到了穿石山。穿石山三面靠江，山峰棱角突出显露，在诸峰之中傲然耸峙，山脚狭窄而向后一直绵延而去，末端一直伸入江水中，像是山峰的倒影倒映在江中一般，又好似准备渡江的将军站在水中。石山的腹部南北穿透，像宫门外两阙之间的通道，只不过高度和宽度都是双阙的一倍。山水映在江面上像是在镜中一般，青山缭绕、白水萦回，千里景色全是一个样子，真正是桃花源里的一处胜景啊！一个客人忽然咳嗽，好像是在大瓮中回鸣。我于是命童子奏江南吴曲。客人说："快停止，快停止，不然的话会使崖石碎裂。"顷刻之间，果然有像沙砾一样的东西坠落下来，于是大家便重新又上了船。又走了十里，到了新湘溪。众山围着一道水，好像不想让江水流走似的。山的形态很是闲淑优雅，没有一点儿尖削显露的姿态。江水到了这里也收敛了激荡的姿态，水波澄清，蓄积处一片青黑的颜色，似乎争相现出妩媚的姿态，来和游人相娱乐似的。山势大致的回落弯转与新安江相类似，而水面的素雅、艳丽又与西湖相似。

就这样又走了十余里，山色稍显狰狞，水势也渐渐变得汹涌起来，这里就是仙掌崖。又走了几里，山势变得舒缓了，可以看到耕田菜地了，水落下去，一处处浅滩露了出来。这里就是仙人溪。时间已临近深夜，船工畏惧水流冲击河滩的声音，不敢再往前走了，于是便停泊在河滩暴露出的大石旁。河滩上都是石头，平滑得像刚刚下过雪一般，于是便命小童在石头上煮茶。

第二天发船，见水心崖就好似在船头一般，相距只有一里左右。船工划船很是踊跃，不一会便停泊在了山崖下面。山崖的南面靠近江岸，渔网溪横向冲刷着山崖的根底的山石，溪水翻滚着波浪向下游流去。两座山峰高高耸立，上面没有一寸泥土，那山石姿态生动，仿佛要凌云飞去一般，有的尖锐、有的圆润，有的方正、有的细削，有的倾斜倚靠着，仿佛像是要坠落下去的云彩，有的像是秦汉宫中妃嫔所戴的芙蓉冠，有的像两位道士在窃窃私语，真正是姿态出乎人的意料，横空出世。其中有一座方形的山峰独立在溪水的深曲处，古朴之极。对面诸多小的山峰，也有秀美的山色，成为水心崖最美的陪衬。四周山峰都高挂着瀑布，水潭中的积水一片深绿，看上去有些吓人。山崖的顶上有一座小小的道士住的屋子，路很是狭窄难走，个个向上攀爬的人都吓得两股战栗，一连歇息数次之后才登上去。回去登上船后，大家仍旧迷恋这山色不舍离去，于是便绕着山崖转了三圈后这才离去。

石公评说："游览桃花源景区的人，应该以渌萝山作为景区的大门，以桃花源作为景区的回廊和庭院，以穿石山为景区的殿堂，以沙萝村、新湘溪作为景区的亭台，而水心崖则是景区的后门。总的来说，桃花源景区的群山都很秀雅，如果没有穿石山、水心崖的奇特峻峭，也无从显示他们的美，如像作文要有起伏，诗歌中要有警句一样。"君超又对我说，灵岩及其他众山幽深的奇景很多，希望我能再次前来游览，我表示同意。以后要买一处山居，当以桃花源作为首选的对象。

赏析

本文写于万历三十二年（1604），作者游览完江州、庐山之后，穿过洞庭湖，到了武陵，开始溯沅江进行游历。在这篇游记中，作者以饱满的热情、惊喜的目光和飞舞灵动的笔墨，展现出了一幅清新秀丽的山水风光图，让桃源奇异的景观以它独有的，楚楚动人的姿态呈现在我们的面前。

一个优秀的作家，总是能一笔抓住特点，三言两语便能勾画出一处景物的特征与轮廓。如开首，"山翠扑人面"，几个字已经让人领略到了桃源景色的主色调，随即下笔细描"至沙萝村。四面峰峦如花苴，纤苞浓朵，横见侧出"，随后水行十里至倒水崖，加进一段异景奇观"一窦悬若黄肠者五，见极了了"，这是沅江之上的一处奇观，作者写来仍不失自己平静委婉的叙事风格，使人读之依旧是山平水静。随即写渔仙寺，遇到一老僧，正在放猪，与之对答，原来只是孤寺孤僧，行文与上段依然风格雷同，并无半点凹凸起伏的叙述。至穿石，"石三面临江，锋棱怒立，突出诸峰上，根锐而却，末垂水如照影，又若壮士之将涉。"景物的描写犹如写意山水的用笔，三笔两笔已勾勒出穿石景色的特征，随即如上面几段中的手法一样，又穿进一段叙事，"一客忽咳，有若瓮鸣。余因命童子度吴曲。客曰：'止止！否则裂石。'"

在此文中可以说，袁宏道将写景与叙事巧妙地融合在一起，写景简洁但特点突出，叙事明了但不失生动，这便是一名优秀作家的妙笔生花，同时也是一个作家自己独特的风格。作家的灵性之笔与桃源清秀明丽的风光巧妙地结合在一起，从而使读者读到一篇语言极佳的上乘作品。

游盘山[1]记

袁宏道

盘山外骨而中肤[2]。外骨，故峭石危立，望之若剑戟黑[3]虎之林。中肤，故果木繁，而松之抉石罅[4]出者，欹嵌[5]虬曲，与石争怒，其干压霜雪不得伸，故旁行侧偃[6]，每十余丈。其面削不受足，其背坦，故游者可迂而达。其石皆锐下而丰上，故多飞动。其叠而上者，渐高则渐出。高者屡数十寻[7]，则其出必半仄[8]焉。若半圮[9]之桥，故登者栗。其下皆奔泉，夭矫[10]曲折，触巨细石皆斗[11]，故鸣声彻昼夜不休。

其山高古幽奇，无所不极。述其最者：初入得盘泉，次曰悬空石，最高曰盘顶也。泉莽莽行，至是落为小潭，白石卷而出，底皆金沙，纤鱼数头，尾鬣[12]可数，落花漾而过，影彻底，忽与之乱。游者乐，释衣，稍以足沁水，忽大呼曰"奇快"，则皆跃入，没胸，稍溯而上，逾三四石，水益哗，语不得达。间或取梨李掷以观，旋折奔舞而已。悬空石数峰，一壁青削到地，石粘空[13]而立，如有神气性情者。亭负壁临绝涧，涧声上彻，与松韵答。其旁为上方精舍[14]，盘之绝胜处也。

盘顶如初抽笋，锐而规，上为窣诸波[15]，日光横射，影落塞外，奔风忽来,翻云抹海。住足不得久,乃下。迂而僻,且无石级者,曰"天门开[16]"。从髻石[17]取道,阔以掌,山石碍右臂,左履虚不见底,大石中绝者数。先与导僧约,遇绝险处,当大笑。每闻笑声,皆胆落。扪萝探棘,更上下仅得度。两岩秀削立,太古云岚,蚀壁皆翠。下得枰石[18],方广可几筵。抚松下瞰,惊定乃笑。世上无拼命人,恶得有此奇观也?

面有洞,嵌绝壁,不甚阔,一衲攀而登,如猕猴。余不往,谓导僧曰:"上山险在背,肘行可达。下则目不谋足[19],殆已,将奈何?"僧指其凸曰:"有微径,但一壁峭而油,不受履,过此虽险,可攀至脊。迂之即山行道也。"僧乃跣[20],蛇矫[21]而登。下布以缒[22],健儿以手送余足,腹贴石,石腻且外欹,至半体僵,良久足缩,健儿努以手从,遂上。迨至脊,始咋指[23]相贺,且相戒也。

峰名不甚雅,不尽载。其洞壑初不名,而新其目者,曰"石雨洞",曰"慧石亭"。洞在下盘,道听涧声,觅之可得。石距上方百步,纤瘦丰妍不一态,生动如欲语。下临飞涧,松鬣覆之,如亭。寐可凭[24],坐可茵[25],闲可侣,故慧之也。其石泉奇僻,而蛇足之者[26],曰"红龙池"。其洞天成可庵[27]者,曰瑞云庵之前洞,次则中盘之后岭也。其山壁窈窕秀出而寺废者,曰"九华顶",不果上。其刹宇多,不录。寄投者,曰"千像",曰"中盘",曰"上方",曰"塔院"也。

其日为七月朔,数得十[28]。偕游者,曰苏潜夫、小修、僧死心、宝方、寂子也[29]。其官于斯[30]而以旧雅[31]来者,曰钟刺史君威[32]也。其不能来,而以书讯且以蔬品至者,曰李郎中酉卿[33]也。

注释

[1] 盘山：在今北京平谷与天津蓟州区之间。为燕山余脉，因地势盘旋而得名，主峰挂月峰海拔864米，被誉为"京东第一山"。

[2] 外骨而中肤：这里用骨骼比喻外层的岩石，用肌肤比喻内层的泥土。

[3] 羆（pí）：本义为熊的一种，这里比喻为武士。

[4] 罅（xià）：裂缝。

[5] 欹嵌：本义为山势高峻不平，这里用以形容松树的高耸参差。

[6] 偃（yǎn）：倒、卧。

[7] 寻：一寻约合八尺。

[8] 仄：倾斜。

[9] 圮（pǐ）：倒。

[10] 夭矫：屈伸的样子。这里用以形容泉水屈曲奔流，富有气势。

[11] 斗：指水与石头撞击。

[12] 鬣：指鱼嘴旁的鳍。

[13] 粘空：贴近空中。

[14] 上方精舍：即上方寺。精舍，一般为寺院的雅称。

[15] 窣（sù）诸波：梵语"佛塔"的意思，也称舍利塔。

[16] 天门开：通向盘顶的另一途径。把盘顶比作天，到了这里就等于打开了通天的门，因此得名。

[17] 髻石：盘山上地名，因形似盘在头上的发髻得名。

[18] 枰（píng）石：棋盘石。

[19] 目不谋足：眼睛顾不了脚。

[20] 跣（xiǎn）：光着脚。

[21] 蛇矫：像蛇爬行那样贴着峭壁，举足上登。矫，通"跷"，举起脚。

[22] 缒（zhuì）：本义指顺着绳子从上往下，这里是指从上边放下布，让下边的人攀着布往上登。

[23] 咋（zhà）指：指咬咬指头，有痛觉，表示极度惊喜，不敢相信。咋，本义为咬。

[24] 寐可凭：睡觉时可以作为依靠。

[25] 茵：席子，垫子。

[26] 蛇足之者：给它画蛇添足的人。

[27] 天成可庵：天然形成可以作为小庙的地方。

[28] 朔，数得十：从初一数起，数到十，即谓初十日。

[29] 苏潜夫：苏惟霖，字云浦，潜夫为号，与作者为至交。小修：作者胞弟袁中道的字。死心：袁文炜，字中夫，后出家，名死心。宝方：一名圆象，后随作者至公安，为二圣寺住持。寂子：僧名，事迹未详。

[30] 官于斯：在这里做官。

[31] 旧雅：旧日交往。

[32] 君威：钟起凤，君威是字，浙江人，蓟州知州。

[33] 酉卿：即李长庚，麻城人，曾任吏部尚书。

译文

盘山外表以岩石为骨，内部则以泥土为肤。外表因为都是岩石，所以陡峭的石壁危立，远望有如剑戟、熊虎之林。里面是泥土，所以果树、林木繁盛，从石缝中长出的松树，枝干精壮挺拔，像虬龙一般靠着山壁盘旋而上，好像要与峻峭的山石一争高下。因为常年受霜雪所压，所以松树的枝干不能向上生长，都向旁边侧倒着伸展，动不动就是十多丈远。盘山表面的山石光滑陡峭，脚几乎没法登踩。盘山的背面比较平坦，所以游历的人大都迂回到后面登达峰顶。山上的石头都是下部尖窄而上部丰满，所以看上去都是飞动的姿态。有些山石一直叠垒上去，而且越高越往外探出。有的高达数十丈，那高出的部分有如倾塌了一半的桥梁，所以登山的人往往两腿颤栗。盘山的下面都是奔淌的泉水，泉水曲折蜿蜒，遇到大的溪石便不停地撞击着，所以轰鸣声彻夜不停。

  盘山高古而幽奇，没有什么景观是它没有的，先说说它最突出的几个吧：刚刚进山时看到的是盘山的泉水，其次是悬空石，最高的地方就是盘山的山顶了。泉水莽荡而行，流过一段便汇聚成一个水潭，潭边白色的岩石翻卷而出，潭底都是金色的沙子，几条纤细的小鱼在水中游来游去，尾巴和鱼鳍都清晰可见。一朵朵落花从水面荡漾而过，影子一直映照到潭底，一会儿被流水冲乱了。游览的人观赏得高兴了，都脱去了衣服，稍稍将脚浸到水中，便大声叫着太痛快了，于是一个个便都跳下水去，水刚刚可以没过胸口，大家稍稍逆流而上，绕过三四块大石，水流声越发大起来，我们彼此都听不到对方说话。有人拿梨或李子掷入水中，那些梨子或李子随即在水中回环盘旋一会儿便消失了。悬空石是由几座山峰组成的，其中一座山峰青色的崖壁尖削一直到地，峰顶有一块大石临空而立，仿佛一个神气外显的性情之人。一座小亭背靠着石壁下临深渊，涧水声一直传上来，与松涛之声相呼应。亭子的旁边是上方精舍，是盘山风景绝佳的地方。

盘山山顶像刚刚拨出尖的竹笋，又尖又圆。上面有一座舍利塔，每当阳光斜着照射之时，盘山的影子直投到塞外，每当有风忽然吹来，云雾翻滚，有如大海。在上面不能停留太久，我们便往下走，有一段迂回偏僻的地方，并且没有石级的路，叫天门开。从大石顶端找到一条路，才一巴掌宽，山石挡着右臂，左脚悬空，脚下深不见底，路上有好几块大石头挡路，之前我们和当向导的僧人约定，遇到险绝的地方，就大笑以传示，所以每当听到前面传来大笑声，都令人胆战心惊。大家手攀着荆棘、藤萝，上下攀登多次，才过了这段路。前面两块山岩对峙，远古以来的云雾岚气，将山壁都染成了翠绿色。再往下有一块平整的棋盘石，十分宽大，可以摆几桌酒席，我们手抓着松树向下俯看，大家不禁惊魂失魄，之后才大笑世上如果没有冒生命危险攀登的人，怎能探得如此奇景呢？

迎面有一个山洞嵌在绝壁上，不是太宽，一个僧人攀登而上，有如猕猴一般。我不想上去，就对向导僧说："上山时最危险的地方在山脊，用胳膊肘爬行可以通过，下山时眼睛都找不到落脚的地方，太危险了，怎么办呢？"向导僧指着一处凸起的地方说："那里有一条小路，但是有一段山壁陡峭并且光滑，不能立足，通过这条路，虽然危险，但却可以到达山脊。再绕过去就到下山的大道了。"说完，僧人赤着脚，像蛇一样矫捷地攀登而上，到上面后，再从上面放下布绳来，让下面的人攀布绳而上，又叫一个健壮的人从下面用手托住我的双脚，我的腹部紧贴着石壁，石壁光滑而且向外突出，爬到一半时，身体便有些僵硬了。过了好一会儿，这才将脚收进去，下面那个健壮的人努力用手推送我，这才上去。到了山脊之后，大家咬咬手指，惊魂安定之后，这才互相庆贺，而且互相提醒再不要冒这个险了。

山峰名字不是很雅致，这里不记述了，那洞壑最初没有名字，最近才给它起的名，叫石雨洞，也叫慧石亭。石雨洞在下盘，在路上行走时会听到那洞水声，沿着水声就可以找到它。再往上大约百步，有许多石头，纤细削瘦、丰满漂亮的各不相同，姿态生动的好像要说话。这些石头下方正对着山涧，松树的枝叶覆蔽在上面，好像一座亭子一般，这里睡觉时可以用来倚靠，坐着可以把它当席子，清闲时可以把它当伴侣，所以把它命名为慧石亭。山涧泉水很是偏僻，只是有些画蛇添足的是，竟有人将这里取了个红龙池的名字。那洞天浑然天成可以建成一座庵庙，是瑞云庵的前洞，再往下就到中盘的后岭了。那山壁幽深、秀美而且有一座荒废的寺院，这里就是九华顶，我们没有上去。这里庙宇很多，就不一一记录了。前去参拜了几个：有千像寺、中盘寺、上方寺、塔院寺。

登山的那一天是七月初一，同游的人有十个，是苏潜夫、小修、僧人死心、宝方、寂子等人。还有在这里当官，但却是旧日朋友的钟君威刺史。还有一个朋友没能来，但是寄来了一封书信和一些蔬菜果品，他是李酉卿中郎。

赏析

袁宏道的游记，每篇都像是一幅山水写意画，每篇着墨设色都不多，却极有意境。他善于先用概略的笔触勾勒出文章的总貌，给人以宏观的印象，然后再详写出每一部分的突出之处。他处处都在努力捕捉此情此景的独特之处，所以没有用多少奇异华丽的辞藻，也能给人以生动清新的感受。比如该篇写小潭的一段："白石卷而出，底皆金沙，纤鱼数头，尾鬣可数，落花漾而过，影彻底，忽与之乱。"白石、金沙、纤鱼、落花，色调鲜明而生动；而游者解衣，以足沁水，大呼奇快，跃入没胸的水里，以及取李子、梨等水果抛掷的细节描写，将明代士大夫阶层闲游的生动画面真实地展现出来，在享受美的同时又有一种对生活气息融入的体验。此外在对攀登盘山山顶惊险场面的描写中更为传神："僧乃跣，蛇矫而登。下布以缒，健儿以手送余足，腹贴石，石腻且外欹，至半，体僵，良久足缩，健儿努以手从，遂上。"这段描写可谓形象逼真，活灵活现，让人读之如临其境，且扣人心弦。之后当大家登上盘山山顶之后"咋指相贺"则形象地刻画出历险以后的快意；"世上无拼命人，恶得有此奇观"，又表达了作者游历险处之后自得的心情。袁宏道的游记，基本都是依景而发，因势抒情，极少有空洞的描写和虚无的慨叹。

修觉山 [1] 记

钟惺

作者简介

钟惺（1574—1624），明代文学家。字伯敬，号退谷，湖广竟陵（今湖北天门市）人。万历三十八年（1610）进士。曾任工部主事。后官至福建提学佥事。不久辞官归乡，闭户读书，晚年入寺院。其为人高冷，不喜接俗客，由此得谢人事，研读史书。他与同里谭元春共同编选《古诗归》和《唐诗归》，风行明末，名扬一时，由此创立了"竟陵派"。他反对拟古文风，提倡抒写性灵，提倡一种幽深孤峭的风格。

辛亥[2]十月，十有九日，早发新津[3]，叔弟恬[4]不知隔江者为何许山也，与童骑疾驱过之。予与艾子后，坐舟中，指江干[5]削壁千仞，竹树榛楠[6]，出没晴岚云浪外者，异焉。问之则修觉山。子美[7]游修觉寺诗曰："野寺江天豁，山扉花竹幽。诗应有神助，吾得及春游。径石相萦带，川云自去留。禅枝宿众鸟，飘泊暮归愁。"后游诗曰："寺忆昔游处，桥怜再渡时。江山如有待，花柳更无私。野润烟光薄，沙暄日色迟。客愁全为减，舍此何欲之？"及唐明皇幸蜀[8]，大书修觉山三大字，嵌石壁，今犹存者，即其处也。决策登焉。所从径，衺[9]山石之复者为磴，乱整枉直，各肖其理。登者屡憩，憩处每平，平处每当竹树隙，隙处必从其下，左方见江，江错碛渚[10]，或圆或半，或逝或返，去留心目间。土人缚竹为乱[11]，若童子置叶盎中以度蚁。设身处地，颇危之。从上视下，轻且驶，甚适也。

度磴去顶可四五之一，行住坐立，更端者数矣。其傍乃有石级齿齿[12]，蜿蜒壁间者，往修觉寺道也。曰"姑舍"是寻中径数折上，有亭翼然[13]，祠杜工部[14]、李供奉[15]、苏端明[16]、方正学[17]。方有石刻诗可读。亭后数武为宝华寺。礼佛毕，反自亭，出山门左行，竹树纯驳[18]夹砌，数折即修觉寺。寺前双井，一井置一塔，唐物也。明皇书嵌佛殿左侧岩壁上，字方广二三尺，一字各专一石，飞鬐[19]沉着，且甚完好。予入蜀所见唐碑，独此耳。

出寺无所见。欲返，寺僧指石隙一小径，才容足。出此径，乃有平田大陆[20]。复缘磴数折上，矗然频[21]江者，曰雪峰，两寺乃在其下。始悟所云磴去顶四五之一者，第[22]可指修觉耳，非此峰也。左眺稠稉山，如旅行[23]，而稍居其傍。下凭栏视江，则已正无所不见。不若初所见江之从其下左方也，然从下上修觉，去江趋远，从修觉上雪峰，视江乃反近。舟中所指江干削壁者，即今着脚处也。

降自雪峰，复远井塔下，屈曲一二里许，不复见所由宝华寺径矣。乃忽得所谓石级齿齿壁间，往修觉寺道者，则今还道也，与初所径合。径穷登舆[24]。是日抵彭山[25]宿，记授弟恬。

注释

[1] 修觉山：在四川省新津县岷江东岸。

[2] 辛亥：指明神宗万历三十九年（1611）。

[3] 新津：即新津县，位于四川盆地西部，成都市南部。

[4] 叔弟恬：指作者叔父之子，堂弟钟恬。

[5] 江干：江岸。

[6] 榱（cuī）桷（jué）：本义为屋椽，这里指树枝平直的样子。

[7] 子美：即杜甫，字子美。唐朝诗人，杜甫住成都草堂时，曾两次游览修觉山，并赋《游修觉山》《后游》二诗。

[8] 唐明皇幸蜀：天宝十四年（755），安史之乱起，唐明皇李隆基在转年逃入四川。

[9] 裒（póu）：此处指剔除、刨除。

[10] 江错碛渚：江中石砾与沙洲错乱。

[11] 乱：横渡，这里指渡江的工具。

[12] 齿齿：排列有如牙齿般形状。

[13] 翼然：形容亭子的檐角翘起，像展翅的鸟儿。

[14] 杜工部：即杜甫，因曾任检校工部员外郎，所以称杜工部。

[15] 李供奉：即李白，因曾任翰林院供奉，所以称李供奉。

[16] 苏端明：即苏轼，因曾任端明殿学士，所以称苏端明。

[17] 方正学：即方孝孺，因人们称之为正学先生，所以有此称。

[18] 纯驳：青绿而带有斑纹。

[19] 翥：本义为鸟儿振翼而上，高飞。

[20] 大陆：大土堆。

[21] 頫（fǔ）：同"俯"。

[22] 第：但，只。

[23] 旅行：列队而行。

[24] 舆：车，轿。

[25] 彭山：四川彭山县，与新津县相邻。

译文

万历三十九年十月十九，我一早从新津出发。堂弟钟恬不知江对岸的山是什么名字，与书童骑着马飞快驰过。我和艾子后坐在船里，指着江岸上如刀削一般壁立千仞的峭壁，笔直的竹林、树木在晴天山雾的环绕中若隐若现，云浪涌动，十分惊奇。打听了才知道那里是修觉山。杜甫在游修觉山诗中说："野寺江天豁，山扉花竹幽。诗应有神助，吾得及春游。径石相萦带，川云自去留。禅枝宿众鸟，飘泊暮归愁。"在后游诗里说："寺忆昔游处，桥怜再渡时。江山如有待，花柳更无私。野润烟光薄，沙暄日色迟。客愁全为减，舍此何欲之？"后来等到唐明皇李隆基逃到四川，路经修觉山时书写了"修觉山"三个大字，镶嵌在石壁上，直到今天还在那里，就是我们现在待的地方，于是我们决定登临修觉山。我们脚下登临的路，是将多余的山石剔除，后开出的石级使杂乱的地方变得整齐，弯曲的地方变得比直，全都仿照山石的原来样子铺垫。登山的人几次停下来休息，而每次休息的地方都很平整，而平整的地方只有竹林，从竹林的缝隙向下俯视，左边总能看到江水与沙洲相互交错在一起，或是圆的，或是半圆的，或是消失在江水中，或是江水退去显露出来，这些沙洲的去留变幻都留在了眼里、心中。当地的老百姓将竹子绑在一起作为渡江的工具，从上向下俯视就好似童子扔了一片树叶，在盆中用来摆渡蚂蚁一般。设身处地来说，真的是很危险。从上往下看，那竹筏轻捷且快速，很是适合渡江使用。

我暗自揣摩现在离登上山顶还有四五分之一，于是或走或停，或坐或立，又经历了数次。路旁有石头台阶像牙齿一样层层排列着，在石壁间蜿蜒而上，这就是通往修觉寺的道路。有人说先舍弃了这条路，于是顺着中间的一条小路几次弯转向上，上面是一座檐角飞升的亭子，原来是杜甫、李白、苏轼、方孝孺的祠堂。其中方孝孺有一首诗刻在石头上，可以细细研读。亭子后面数步远的地方，是宝华寺。大家礼佛之后，重新返回到了亭子。出了山门之后，向左走，竹树斑驳地在石头台阶的缝隙间生长着，几次转弯之后便是修觉寺了。寺前有两口井，一口井上建了一座塔，这都是唐朝的景物了。唐明皇的书法镶嵌在佛殿左侧的岩壁上，字有二三尺见方，一个字便占了一块石头，书法飞动飘逸，沉重厚实，而且保存得十分完好。我进入四川之后所见到的唐碑，只有这一块了。

出寺院，没有什么新奇的东西。想要返回去，寺里的僧人指了指旁边石壁缝隙间的一条小路，狭窄得才刚刚能容下一只脚。出了这条小路，眼前是一片平整的田地和高起的土丘。于是又沿着石头台阶向上拐了几次弯，前面一座大山高高耸立，俯视着脚下的大江，这就是雪峰。两座寺院便在雪峰山脚下。于是我这才醒悟之前人们说的离登顶只有四五分之一，是指的到修觉山，不是这座山峰啊！向左眺望稠粳山，层峦叠嶂，就好似是旅行的队伍一般，矗立在它的旁边。向下倚着栏杆俯视大江，在眼睛的正对面，所以一览无余。不像是刚刚见到的大江，在山下的左面，然而自从上下攀登修觉山之后，便离江越来越远了，从修觉山攀登雪峰山，再俯视大江反倒显得近了。之前在船里指着江岸之上的峭壁，便是现在有落脚的地方。

从雪峰山下来，重新又回到了井塔处。弯弯曲曲的也就是一二里远，但没有再看到宝华寺旁的那条小路。于是又忽然明白了，所谓刚刚上去时那条通往修觉寺的像牙齿一样整齐排列的石头小路，就是现在返回来的路，只不过是去时的路重合了。走到路的尽头之后，大家上了车轿。这天晚上抵达彭山县，在那里住宿，记下这篇游记后交给了弟弟钟恬观看。

赏析

文章开头采用实景虚写的手法，用唐时大诗人杜甫和唐明皇李隆基在此驻留时留下的诗篇墨迹为铺垫，来营造一种沧桑的历史感，从而将读者带入一种深厚的文化意境之中，使文章有了一种浓重的怀古氛围。随后，作者不断变换视角，随着山路的崎岖蜿蜒，刻画出一幅又一幅俊美奇丽的画面。依次将修觉山险峻的峰峦，众多的古迹，繁茂的林木，弘丽的庙宇……作了细腻别致的刻画。然后笔锋一转，视角由修觉山过渡到雪峰。虽然都以登临远眺的视角去观赏，但与在修觉山上的视野感觉明显不同，使文章前后呼应，产生了一种高低错落，对比鲜明的印象，更使全文增添一种恍惚迷离的意境之美，使读者读来感到别致新鲜。

浣花溪[1]记

钟惺

出成都南门，左为万里桥[2]。西折纤秀长曲，所见如连环、如玦[3]、如带、如规[4]、如钩，色如鉴、如琅玕、如绿沉瓜[5]，窈然[6]深碧，潆回[7]城下者，皆浣花溪委[8]也。然必至草堂[9]，而后浣花有专名，则以少陵浣花居[10]在焉耳。

行三四里为青羊宫[11]，溪时远时近。竹柏苍然[12]、隔岸阴森者尽溪，平望如荠[13]。水木清华[14]，神肤洞达[15]。自宫以西，流汇而桥者三[16]，相距各不半里。舁夫[17]云"通灌县"[18]，或所云"江从灌口来"[19]是也。

人家住溪左，则溪蔽不时见，稍断则复见。溪如是者数处，缚柴编竹[20]，颇有次第。桥尽，一亭树道左，署曰"缘江路"。过此则武侯祠[21]。祠前跨溪为板桥一，覆以水槛[22]，乃睹"浣花溪"题榜。过桥，一小洲横斜插水间如梭。溪周之，非桥不通。置亭其上，题曰"百花潭水"。由此亭还，度桥过梵安寺[23]，始为杜工部祠[24]。像颇清古，不必求肖，想当尔尔[25]。石刻像一，附以本传，何仁仲别驾[26]署华阳时所为也。碑皆不堪读。

钟子曰："杜老二居，浣花清远，东屯险奥，各不相袭。严公[27]

不死,浣溪可老,患难之于朋友大矣哉!然天遣此翁增夔门一段奇耳。穷愁奔走,犹能择胜,胸中暇整[28],可以应世,如孔子微服主司城贞子时也。"

时万历辛亥十月十七日。出城欲雨,顷之霁。使客游者,多由监司郡邑招饮,冠盖稠浊,磬折[29]喧溢。迫暮趣[30]归。是日清晨,偶然独往。楚人[31]钟惺记。

注释

[1] 浣花溪:又称百花潭,在成都西部。

[2] 万里桥:在今四川成都市南。

[3] 玦(jué):一种半环形而有缺口的佩玉。

[4] 规:本意为画圆形的工具,此指圆弧。

[5] 色如鉴、如琅玕、如绿沉瓜:颜色像镜子,像美丽的石头,像绿沉瓜。鉴,镜子。琅玕,美石。绿沉瓜,一种深绿色的瓜。

[6] 窈(yǎo)然:深远、幽深的样子。

[7] 潆(yíng)回:水流回旋的样子。

[8] 委:江河下游。

[9] 草堂:杜甫寓居成都时,曾在浣花溪畔盖了一所草堂。

[10] 少陵:指杜甫,他在诗中自称"少陵野老"。浣花居:杜甫在浣花溪的住宅,就是草堂。

[11] 青羊宫:道观名,在今四川成都市西南浣花溪附近。

[12] 苍然:幽深碧绿的样子。

[13] 荠：荠菜。

[14] 水木清华：一般形容园林里水流花木清幽秀丽。

[15] 神肤洞达：指清新舒爽。

[16] 流汇而桥者三：溪水汇聚所流经的桥有三座。

[17] 舁（yú）夫：抬轿子的人。舁，抬。

[18] 灌县：今四川灌县。

[19] 江从灌口来：这是杜甫《野望因过常少仙》中的诗句。江，指锦江。锦江发源于郫县，流经成都城南，是岷江的支流。岷江发源于岷山羊膊岭，从灌县东南流经成都附近，纳锦江。故上文说"通灌县"。灌口，灌县古为灌口镇，西北有灌口山。

[20] 缚柴编竹：用柴竹做门墙。

[21] 武侯祠：供奉诸葛亮的祠堂。

[22] 水槛：临水的栏杆。

[23] 梵安寺：在今成都市南，本名浣花寺，宋改梵安寺，因与杜甫草堂相近，俗称草堂寺。

[24] 杜工部祠：即杜甫祠堂，因杜甫曾任工部员外郎，称杜工部祠。

[25] 想当尔尔：谓想象中的杜甫大概是这个样子。尔尔，如此。

[26] 何仁仲：万历时为夔州通判。别驾：即通判。

[27] 严公：指严武。杜甫漂泊四川，投靠镇守成都的严武，在浣花溪构筑草堂，安居了几年。

[28] 暇整：即"好整以暇"，形容遇事从容不迫。

[29] 磬折：弯腰。

[30] 趣（cù）：同"促"，急速。

[31] 楚人：竟陵战国时为楚地，因此钟惺自称楚人。

译文

出成都的南城门，左边是万里桥。水流折而向西流淌，纤细而秀美、绵长而曲折，一路所看到的像套连的圈儿、像开口的玉环、像带子、像圆弧、像弯钩、水色像明镜、像碧玉、像浓绿色的瓜，深远幽深地呈现一片青碧色，在城下环绕着的，都是浣花溪水流经汇积的地方。然而一定要到杜甫草堂一带，才令"浣花溪"才有了专门的名称，这是杜甫的浣花故居在那儿的缘故。

走三四里就到了青羊宫。浣花溪一会儿远，一会儿近。青竹翠柏幽深碧绿，隔岸观看一派阴森的景象，一直延伸到溪的尽头，远远望去仿佛一片荠菜地。水流花木清幽秀丽，令人身体内外一片舒适，神清气爽。从青羊宫往西，溪流从三个地方不停地汇聚在一起，每个地方上面都建有桥，每座桥之间相隔都不到半里路，轿夫说这溪流是通往灌县的，或许这就是诗里说的"江从灌口来"吧。

一些人家都在溪的东面居住，这时溪流被遮避在屋舍之间，不能时常看到；稍有空缺，溪水就又重新出现在眼前，像这样的情形有好几处。岸边人家用树枝、竹条编成的柴门和竹墙，都排列得整齐。走到没有桥的地方，在路的左边立着一座亭子，上面题写着"缘江路"几个字。过了这里就到了武侯祠，祠堂前有一座木板桥横跨在溪流上，桥上绑缚着临水的栏杆，这时才看到题着"浣花溪"字样的匾额。过桥，是一块小沙洲，像梭子那样横斜着卧在水中，四周溪水环绕，没有桥是无法过去的。小洲上面建有一座亭子，题字为"百花潭水"。由这座亭子往回走，过桥之后便到了梵安寺，这才到了杜工部祠。杜甫的画像画得十分清朗古朴，并没有强求形象的逼真，但想来杜甫也许就是这个模样吧!还有一块刻在石头上的肖像,附着杜甫的生平,是通判何仁仲在代理华阳县令时制作的。现在碑文都已经没法辨认了。

钟子说:"杜甫的两处居所,在成都浣花溪的这处,环境清秀幽远,在夔州东屯的这处,险僻深邃,两处互不一样。假如严武不死的话,杜甫就可以在浣花溪畔安然度过晚年了,患难时真是太需要朋友了!然而是老天要指派杜甫这位老人多出夔州的一段奇遇吗?在穷途末路中奔波,却仍能选择胜地安身;胸襟安闲从容,可以应付世事,和孔子变换服装,客居在司城贞子家里避难时的情形一样啊。"

其时为万历三十九年十月十七日。出城时像是要下雨,顷刻天空便放晴了。朝廷派出的使臣来此游玩的,大多由按察使或州、县长官招待饮宴,官场中人群稠杂乌烟瘴气,耳边充斥着那弯曲着身子打躬作揖的应酬声。一直快到黄昏时才急忙回家。这天清晨,我偶然独自前往。楚人钟惺作记。

赏析

钟惺的这篇散文游记《浣花溪记》,以生动细腻的笔触描绘了唐代大诗人杜甫成都寓所浣花溪一带的美丽景色,同时抒发了对杜甫的敬仰之情。文章起笔便紧紧围绕浣花溪这一主题切入,先写出浣花溪的总体特征,然后用简炼的语言写它连环、如玦、如带、如规、色如鉴,如琅玕、如绿沉瓜,窈然深碧的美感,使浣花溪水清幽美丽、蜿蜒曲折的风貌鲜明地呈现在读者面前。浣花溪水清澈可鉴，沿岸茂密的竹柏，与溪水相映成趣，可谓水木清华。游览其中，令人神清气爽，无限惬意。接着，作者又写了那溪上的三座小桥，绿荫掩映中的溪边的茅屋竹篱，一切都充满了田园气息。随后，再写溪中的小洲横斜如梭，这些景物，在作者的笔下全都一一展现出来。文章至此，似乎已写尽了浣花溪。可是，浣花溪之所以见知于世，主要因为这里曾是诗人杜甫寓居之地，所以作者笔锋一转，进而开始描写杜甫草堂周围的景色。当作者来到杜甫祠堂时，首先看到的是"颇清古"的杜甫像。接着，便由杜工部祠而生发感慨，称颂了严武在生活上接济杜甫的仁义之举，发出"惠难之于友朋大矣哉"的颂赞。同时，对杜甫"穷愁奔走，犹能择胜"的山水情怀又深为叹服。缅怀先贤，景仰其宽阔胸怀的情感充斥在字里行间。文章最后，作者把达官贵人故作清雅来此凑兴与自己"偶然独往"两相对比，流露出对"冠盖稠浊，磬折渲溢"的鄙视和厌恶，表达出游览胜地贵在幽独的看法。

西山[1] 十记（选四）

袁中道

作者简介

袁中道（1575—1630），明代文学家，字小修。湖广公安（今属湖北）人。少年时，以豪杰自命，性格豪爽，喜交游，好读老庄及佛家之书。万历四十四年（1616）中进士，授徽州府教授，后升国子监博士，止于吏部郎中。天启六年（1626）年，八月三十日病逝于南京，终年五十七岁。与其兄宗道、宏道并称"三袁"，其成就次于宏道。其文学主张与宏道基本相同，强调性灵。他较两兄晚殁，目睹模仿公安派的文人的流弊，晚年又形成以性灵为中心兼重格调的思想。他的作品以散文为优。游记文能直抒胸臆，文笔明畅；日记多有精粹文笔，对后世日记体散文有一定影响。著有《珂雪斋集》20卷、《袁小修日记》20卷。

记一

出西直门[2]，过高粱桥[3]，杨柳夹道，带以清溪，流水澄澈，洞见沙石，蕴藻萦蔓，鬣[4]走带牵，小鱼尾游，翕忽[5]跳达，亘流背林，禅刹相接，绿叶浓郁，下覆朱户，寂静无人，鸟鸣花落。过响水闸，听水声汩汩。至龙潭堤，树益茂，水益阔，是为西湖也[6]。每至盛夏之月，芙蓉十里如锦，香风芬馥，士女骈阗[7]，临流泛舫，最为胜处矣。憩青龙桥，桥侧数武，有寺，依山傍崖，古柏阴森，石路千级。山腰有阁，翼以千峰，萦抱屏立，积岚沉雾。前开一镜，堤柳溪流，杂以畦畛[8]，丛翠之中，隐见村落。降临水行，至功德寺[9]，宽博有野致，前绕清流，有危桥可坐。寺僧多习农事，日已西，见道人执畚者、插者[10]、带笠者野歌而归。有老僧持杖散步塍间[11]，水田浩白，群蛙偕鸣。噫，此田家之乐也，予不见此者三年矣。

记二

功德寺循河而行，至玉泉山[12]麓，临水有亭。山根中时出清泉，激喷巉石[13]中，悄然如语。至裂帛泉[14]，水仰射，沸冰结雪，汇于池中。见石子鳞鳞，朱碧磊珂[15]，如金沙布地，七宝[16]妆施。荡漾不停，闪烁晃耀。注于河，河水深碧泓渟，澄澈迅疾，潜鳞了然，荇发[17]可数。两岸垂柳，带拂清波，石梁[18]如雪，雁齿相次[19]。间以独木为桥，跨之濯足，沁凉入骨。折而南，为华严寺。有洞可容千人，有石床可坐。又有大士洞，石理诘曲[20]。突兀奋怒，皴云驳雾，较华严洞更觉险怪。后有窦，深不可测。其上为望湖亭，见西湖，明如半月，又如积雪未消。柳堤一带，不知里数，袅袅濯濯[21]，封天蔽日。而溪壑间民方田作，大田浩浩，小田晶晶，鸟声百啭，杂华在树，宛若江南三月时矣。循溪行，至山将穷处，有庵。高柳覆门，流水清澈。跨水有亭，修饬而无俗气。山余出巉石，肌理深碧。不数步，见水源，即御河[22]发源处也。水从此隐矣。

记五

香山跨石踞岩，以山胜者也。碧云以泉胜者也。折而北，为卧佛[23]，峰转凹，不闻泉声，然门有老柏百许森立，寒威逼人。至殿前，有老树二株，大可百围。铁干镠枝[24]，碧叶虬结；纡羲回月[25]，屯风宿雾；霜皮[26]突兀，千瘿[27]万螺；怒根出土，磊块诘曲。叩之丁丁作石声。殿墀[28]周遭数百丈，数百年以来，不见日月。石墀整洁不容唾。寺较古，游者不至，长日静寂。若盛夏晏坐其下，凛然想衣裘矣。询其名，或云娑罗树，其叶若薂。予乃折一枝袖之，俟入城以问黄平倩，必可识也。卧佛盖以树胜者也。夫山当以老树古怪为胜，得其一者皆可居，不在整丽。三刹[29]之中，野人宁居卧佛焉。

记七

既栖止崖，晏坐之余，时复散步。循涧西行，攀磴数百武，得庵曰"中峰"。门有石楼，可眺，有亭高出半山，可穷原隰[30]。墙围可十里，悉以白石垒砌，高薄云汉，修整中杂之纡曲。阶磴墀径，石光可鉴，不受一尘，处处可不旋簟席而卧，于诸山中鲜洁第一。刹中仅见一僧，甚静寂。予少憩石楼下，清风入户，不觉成寐。既寤，复循故涧，涧涸，而怪石经于疾流冲击之后，堕者，偃者，横直卧者，泐[31]者，背相负者，欲止未止，欲转不获转者，犹有余怒。其岸根水洗石出，亦复皱瘦崚嶒，崎嵌陷坎[32]，罅中松鼠出没，净滑可人。舍涧而上碧峰，得寺曰弘教，亦有亭可眺也。有松盘曲夭乔[33]，肤皱枝拗，有远韵。间有怪石，佛像清古，亦为山中第一。降，复过翠崖，循涧左行山口中，为曹家楼。有桥可憩，竹柏骈罗，石路宛转，可三里许，青苔紫驳，缀乱石中，墙畔亦多斧劈石，骨理甚劲。意山中概多怪石，去其土肤，石当自出。无奈修者意在整齐，即有奇石，且将去天巧以就人工，况肯为疏通，显其突兀奋之势者乎？绝顶有亭，眺较远，以在山口也。此处门径弘博，不如香山，而有山家清奥之趣，亦当为山中第一也。

注释

[1] 西山：北京西北郊群山的统称，包括百花山、灵山、妙峰山、香山、翠微山、玉泉山等。

[2] 西直门：即北京西直门。

[3] 高梁桥：在西直门外西北。

[4] 鬣：马、狮子等颈上的长毛。

[5] 翕忽：迅速。

[6] 西湖：指今天北京颐和园内的昆明湖。

[7] 骈阗：络绎不绝。

[8] 畛：田间小路。

[9] 功德寺：旧名护圣寺，建于金代。

[10] 畚（běn）：即簸箕一类的工具。揷：同"锸"，铁锹一类的工具。

[11] 塍（chéng）间：田间的土埂。

[12] 玉泉山：在青龙桥西北。

[13] 巉（chán）石：高峻的山石。

[14] 裂帛泉：水流声音像撕绢时发出的声音，所以以此得名。

[15] 磊砢：众多。

[16] 七宝：佛经所说的七宝，指金、银、珍珠、玛瑙、琉璃、琥珀等。

[17] 荇发：荇菜的茎和须。

[18] 石梁：水中砌石挡水的堤坝。

[19] 雁齿相次：形容像雁阵一样，依次相排列着。

[20] 石理诘曲：石头的纹理弯弯曲曲。

[21] 袅袅濯濯：形容堤上树木随风飘动，清新光洁。

[22] 御河：指今北京故宫周围的护城河。

[23] 卧佛：指卧佛寺，位于北京西山北的寿牛山。

[24] 镠枝：金黄色的树枝。镠，成色好的金子。

[25] 纡羲回月：形容老树枝叶繁茂，遮避日光及月光。

[26] 霜皮：白色的树皮。

[27] 瘿：树干上突起的赘瘤。

[28] 墀：台阶。

[29] 三刹：香山寺、碧云寺、卧佛寺。

[30] 隰（xí）：低湿的地方。

[31] 泐（lè）：石头依其纹理而裂开。

[32] 峻嶒：高耸突兀。崎嶔（qīn）：形容山路崎岖不平。陷坎：地势塌陷、低洼。

[33] 夭乔：繁盛的样子。

译文

记一

　　出了西直门,跨过高梁桥,路两旁杨柳夹道,一条衣带状的清浅溪流,溪水清澈见底,可以一眼看到溪底的沙石,溪底聚积的藻类,枝蔓缠绕,被水流一带动像马的鬃毛一般随波飘摇,一群小鱼一条接一条在溪中游来游去,忽而跃出溪面。流水背依树林长流,禅寺接连其后,绿树的掩映之中,映衬出富户朱红色的大门,四下里寂静无声,没有一个人影,只偶尔听到一两声鸟鸣声和落花飘落的声音。过了响水闸,听到咕咕的流水声。到了龙潭堤,树木越发的茂盛,水面也更加宽阔,这里便是昆明湖了。每年到了盛夏季节,芙蓉花连绵十里,花团锦簇,花香清新浓郁。路上游人络绎不绝,对着水流划船饮酒,这里可以说是最佳的游览胜地。大家在青龙桥上休息,桥侧几步远的地方有一座寺院,依着山靠着山崖,周围古柏森郁,石路有千级台阶,山腰有座楼阁,两侧山峰耸峙好似展开的翅膀,环抱着寺院,又好似一面屏风,山里的雾气积沉不动。前面的湖面有如一面镜子,堤岸下满是杨柳、溪流交错,间杂着一畦畦的稻田,层层翠柳之中,隐约可见一座座村落。走下河堤临着河行走,到了功德寺,宽敞而又有野外的风趣,前面环绕着一弯清水,上面有一座濒临倒塌的桥可以在上面安坐。寺里的僧人大多在从事农活,太阳已经偏西,一个僧人手持着簸箕、铁锹一类的工具,头戴着斗笠,在野外唱着歌回来。有一位老僧手持着木杖在田埂上散布,田埂下的稻田一片银亮，传来一片片青蛙的鸣叫。啊，这就是田家之乐啊，我不见这种景色已经三年了。

记二

　　从功德寺顺着河而行，到了玉泉山脚下，靠着水有一座亭子。山根时而有清泉流出，喷溅在高峻的山石上，好似是在悄悄说话的声音。到了裂帛泉，水流向上仰射，泉水喷出的白色泡沫，像是涌出的冰块和雪花，堆积在池中。池底的石子像鱼鳞一样整齐地排列着，阳光照射在上面现出红绿等众多斑驳的色彩，好像是用金沙铺的地，用七宝妆点过一样。水波荡漾个不停，闪烁、晃动着无数的光斑，一直向前流入一条大河之中，河水幽深且宽阔，清澈且湍急，水里的鱼一目了然，荇菜的根须历历可数。两岸之上满是垂柳，一条条垂到河上拂动着清波，河上的石坝色白如雪，像雁阵一样按次序排列着，中间偶尔有独木桥横跨在河上，将脚伸进水里洗涤，水冰凉刺骨。拐弯向南，是华严寺，有洞可以容纳千人，有石床可以坐下，又有观音大士洞，里面的石头纹理蜿蜒曲折，有的石头孤峰突起，好似愤怒的样子，有的好似层层重叠着发皱、凸起的云雾，这里较之华严洞更为惊险怪异。后面有一口山洞，深不可测，再往上走是望湖亭，从那里可以看到昆明湖，明亮得好似半轮月亮，又好似积雪还没融化的样子。围湖的长堤栽满柳树，不知有多少里，柳枝随风飘动，一片清新光洁的景象，枝叶繁茂得将天和太阳都遮蔽住了，而溪边沟坎间农人正在劳作，大块的水田浩浩荡荡的样子，小块的水田全是亮晶晶的，鸟声发出各种鸣叫声，树间杂生着各种花草，好像是江南三月的季节。沿着小溪行走，到快要走到尽头时，有一座庵庙。高高的垂柳将门都覆盖了，旁边有一条清澈的小河。跨过小河有一座亭子，修建得没有一点的世俗气。山的尽头出产山石，石头的纹理是深绿色的，没走几步，可以看到一处水源，这就是京城御河的发源处，水到这里就没有了。

记五

　　香山寺跨建在巨石之上，山岩的侧面，这里是以山的奇秀而著称；碧云寺是以泉水而著称；拐弯向北，是卧佛寺，那里山峰弯转起伏，听不到泉水声，然而门外有百余棵苍老的柏树森然挺立，阴寒逼人。到了殿前，有两棵老树，有百围粗细，生铁一般的树干，黄金一样的树枝，绿叶一簇簇堆积着遮日避月，遮挡狂风，滞留雾气。白色的树皮一块块鼓起，上面满是赘瘤。树根从土中张露出来，一堆堆弯弯曲曲的，上前轻轻地叩击，发出叮叮当当像石头一样的声音。大殿台阶上的空地有几百丈宽窄，几百年来在，一直不见阳光，石头台阶十分整洁，不允许人在上面吐唾沫。寺院很是古老，游览的人很少到这里，长年都很静寂。如果盛夏季节坐在下面，寒冷地竟想要穿上裘服。询问树的名字，有的说叫云娑罗树，这树的叶子好像蔬菜的叶子，我于是便折下一枝藏在袖子里，等到进城后去问黄平倩，他一定会认识的。卧佛寺是以树而著称。而作为山来说，应当以老树古老而怪异取胜，这两者得到一个都能够安居，不在乎是否整齐艳丽。三座寺院之中，山野之人宁可居住在卧佛寺。

记七

  到了栖止崖，稍微坐下休息了一会儿，于是便又重新起身散步。顺着山涧一直往西走，攀上几百步台阶，看到一座庵庙，名叫"中峰庵"。门前有一座石门楼，站到上面可以眺望远方，还有一座亭子高立在半山之上，可以看到最远处的平原和湿地。庵庙的围墙有十余里，全都是以白色的石头垒砌而成，高高耸起直冲云霄，这些石墙在平整之中时常加杂着迂回曲折。台阶、殿阶、石头小路，被人踩磨得可以照见人，上面没有一丝的尘土，哪里都可以不放上席子就安然躺下，在诸座山峰中可以说清新干净是数第一的。庙宇中只看到一个僧人，十分的安静。我在石门门楼下稍微休息了一会儿，清风轻轻吹进门来，竟不知不觉睡着了。醒了之后，再找到来时的旧山涧，山涧已经干涸了，而山涧中的怪石经过流水的冲击之后，有的像是向下坠落的样子，有的像是躺倒的样子，有的横直趴着，有的顺着纹理裂开，有的像两个人相互背负着，像要断开还没断开，想要转身离去还没离去的样子，好像余怒未消的样子。岸边经水冲洗过的石头裸露而出，现出高耸突兀，塌陷坎坷的样子，旁边的石头缝中有松鼠出没其中，皮毛光滑干净可以照人。离开了山涧而上攀到了碧峰，有座寺院叫弘教寺，上面也有亭子可以眺望。旁边有松树弯曲盘绕，枝叶繁茂，树干皱裂、树枝弯曲，极有清远神逸之韵。寺里还有形状怪异的石头，佛像看上去很是清奇古老，这也称得上是山中第一了。往下走，又经过翠崖，顺着山涧向左走出了山口，是曹家楼，上面有桥可以休息，竹子柏树骈比罗列，石头小路宛转，有三里路的样子，上面一块块青苔斑驳点缀在乱石之中，墙边有许多像是被斧劈过的石头，外形显得很是刚劲。大概是山中有太多的怪石，去除上面的沙土，石头便自然显露出来，只是那些修造的人，只注重将其修建得整齐划一，即使是有奇异的石头，也要去其天然奇巧，以求人工斧凿，哪里肯为怪石剥离表土，以显示出它们突兀挺拔的自然气势呢？山顶之上有一座亭子，可以眺望到很远的地方，因为坐落在山口的原因，若论门径的宽阔，这里不如香山，却有山居清静奥曲之妙，这在西山之中，也是首屈一指。

赏析

　　《西山十记》这篇游记记录了作者在北京西山游览的所见所闻。全文共十篇，这里选取了其中的四篇。西山，原本是军都山的支脉，其中包括妙峰山、香山、翠微山、卢师山、玉泉山等山脉。其中《记一》着重描写了西直门外沿途的风光。文中，作者或实写，或工笔，或虚写，或写意，用一连串特写，做了生动传神的观照，无不给人以诗画之感。其写高梁桥溪水的清澈见底、鱼在水中浮游、绿树朱门、鸟鸣花落，这是一处人迹稀疏的幽寂之地。随即写昆明湖，荷花十里如锦，仕女畅游，临水流觞，给人一种莲香人盛，戏水宴饮的热闹场面。接着写古寺依山傍岩，写山阁千峰屏立，是一种峻险、苍茫的景象；写功德寺附近郊野，却是夕阳西下，僧人持锄而归的田间晚景。作者在结尾写道："此田家之乐也，予不见此者三年矣。"更是另有一番韵味。

　　《记二》主要是描写玉泉山的风光。前半部分是写玉泉。从喷泉的"沸冰结雪",到池底的金沙布地、七宝妆施,作者工雕细描,不吝修饰。对裂帛泉和河水的千姿百态,更是做了充满想象的描绘,使读者读后宛如置身于五光十色的幻景之中。后半部分写华严寺,作者选择望湖亭作为观景点,远眺昆明湖,一幅"宛若江南三月时"的春景尽收眼底。

《记五》是写香山的卧佛寺,重点刻画了殿前的两株古树。作者以丰富而有层次的笔触,塑造了老树以"古怪为胜"的形象。这种古怪,不是僵死和老朽;在它"千瘿万螺"的外部形态中,蕴含着长年"屯风宿雾"磨炼出来的坚强意志。

《记七》则是游览栖止崖。这篇的视点比较富有跳跃性,先是攀上几百步台阶,看到"中峰庵",可以远眺,随后再往上攀上一座亭子,可看到更远的原野。随即,作者又将视点拉了回来,石头砌成的围墙,台阶、殿阶、石头小路,无一丝的尘土,"于诸山中鲜洁第一",随即寺中孤僧、清风更将一幅寂静荒凉的风景移入读者心中。一觉醒来,作者"复循故涧"而行,这时画面由清冷中一下变得丰富起来,"怪石经于疾流冲击之后,堕者,偃者,横直卧者,泐者,背相负者……"由涧底再复攀登,"得寺曰弘教",在这里远眺却又是一番韵味,"有松盘曲夭乔,肤皱枝拗,有远韵。间有怪石,佛像清古,亦为山中第一",随后往山下走,又游历了翠崖、曹家楼,最后作者归纳"若论门径的宽阔,这里不如香山,却有山居清静奥曲之妙!"细细读来,全文的文风简洁洗练,写景状物都是三言两句淡墨勾出,但却物态神情都栩栩如生。

苏堤[1]看桃花

高濂

作者简介

高濂（1573—1620），字深甫，号瑞南道人，钱塘（今浙江杭州）人，明代著名戏曲作家、养生学家、藏书家。曾任鸿胪寺官，后隐居西湖。能诗文，兼通医理，更擅长养生。所作传奇剧本有《玉簪记》《节孝记》，诗文集《雅尚斋诗草二集》《芳芷楼词》，其养生著作《遵生八笺》是中国古代养生学的集大成之作，另有《牡丹花谱》《兰谱》传世。

六桥[2]桃花，人争艳赏，其幽趣数种，赏或未尽得也。若桃花妙观，其趣有六：其一，晓烟初破，霞彩影红，微雾轻匀，风姿潇洒，若美人初起，娇怯新妆。其二，明月浮花，影笼香雾，色态嫣然，夜容芳润，若美人步月，风致幽闲。其三，夕阳在山，红影花艳，酣春力倦，妩媚不胜，若美人微醉，风度羞涩。其四，细雨湿花，粉容红腻，鲜活华滋，色更烟润，若美人浴罢，暖艳融酥。其五，高烧庭燎[3]，把酒看花，瓣影红绡[4]，争妍弄色，若美人晚妆，容冶波俏[5]。其六，花事将阑，残红零落，辞条未脱，半落半留，兼之封家姨[6]无情，高下陡作，使万点残红，纷纷飘泊或拍面撩人，或浮樽沾席，意恍萧骚，若美人病怯，铅华消减。六者惟真赏者得之。又若芳草留春，翠茵堆锦，我当醉眠席地，歌咏放怀，使花片历乱，满衣残香，隐隐扑鼻，梦与花神携手巫阳，思逐彩云飞动，幽欢流畅，此乐何幽。

注释

[1] 苏堤：北宋元祐五年（1090），苏轼任杭州知州时，疏浚西湖，利用疏浚挖出的淤泥构筑了一条堤岸，后来人们为纪念苏轼治理西湖的功绩，把它命名为"苏堤"。

[2] 六桥：指西湖外湖苏堤上的六座桥，分别是映波、锁澜、望山、压堤、东浦、跨虹。为宋代苏轼所建。

[3] 庭燎：古代庭中照明的火炬。

[4] 绡：薄纱。

[5] 容冶波俏：容貌艳丽，有风致。

[6] 封家姨：传说中的风神。

译文

六桥的桃花艳丽无比，人们争着前来观赏。这桃花幽雅的趣味有好几种，泛泛地欣赏也未必有所收获。观赏桃花的奇异美妙之处，最有趣的有六种：其一，晨晓的薄雾刚散，桃花在霞光中绽露着斑斑红影，淡淡的轻雾弥漫，微风吹来桃枝潇洒地晃动，好像是美人刚刚起床，一副刚刚化完妆，娇弱羞怯的样子。其二，一轮明白悬于花枝之上，月影笼罩着香雾，颜色姿态嫣然可爱，夜色中的花容芳菲明润，好像是美人在月下漫步，风姿幽淡闲适。其三，夕阳落山，红色的花影鲜艳醒目，春意正浓，但花容已倦怠，一股妩媚之态煞是迷人，好似美人微微有些醉意，风度饱含羞涩。其四，淋漓的小雨将花瓣打湿，粉色的花容越发显得红腻，鲜艳、活泼、华美、润泽，颜色更加朦胧湿润，像美人刚刚洗浴过，温暖鲜艳和融酥软。其五，在庭院之中高高举起火烛，举起酒杯欣赏桃花，花瓣红艳的影子好似罩上了薄纱，争奇斗艳，搔首弄姿，好像是美人晚上刚刚施了妆，容貌艳丽，有风致。其六，花期将尽，残花飘零于地，有的挂在枝条之上还未脱离，有的半留半落，再加上风神无情，从高处忽然吹下来，使万点残红纷纷飘落而下，或是拍打在脸上撩人，或是粘在酒杯上、坐席上，神意恍惚，枝骚叶动，好像是美人病弱的样子，姿色大减。这六种桃花的奇趣姿态，只有真正会欣赏的人才会感受到。又好像是芳草留住春天，大地一片翠绿，我将酣醉在席间，放开胸怀放声高歌，让片片花瓣零乱地打落在我的衣上，花儿的残香隐隐扑入鼻中，在梦中我与花神携手，在巫山与神女追逐嬉戏，彩云在周围飞动，欢心畅快，这种快乐是多么的优雅啊！

赏析

杭州西湖的苏、白二堤四时景色各异，每到春天，堤上桃花绽放，游人如云，高濂的这篇《苏堤看桃花》即是写的其中苏堤的景色。文章开头，即以"六桥桃花，幽趣数种"，开宗明义。随即便从各个不同的角度做出观察，从时序的交替与风云的变化中细心观察桃花的万状姿态。其一是写拂晓景象，烟蔼未消，晨曦初现，露水匀洒花心，此时桃花娇嫩明艳，宛如佳人晨起初妆；其二是写月下桃花，妙在朦胧之态，况且临湖映水，轻风徐来，和月流动，有如美人悠闲漫步于月下；其三写春色将阑，夕阳西下，一抹余晖飘洒在繁花之间，妩媚之态如美人醉酒；其四写细雨过后，花色湿润，娇艳无比，有如出浴的美人；其五则讲赏花之人置酒花前，亦饮亦赏，酒醉人而花亦醉人，惟酒意微醺，花影扶苏，俏丽无比；其六是讲春意将尽，风雨残红，零落飘泊，有如美人之病弱凄然。这便是苏堤桃花在作者眼中的六种姿态，时间不同，其趣也不同。作者在六写桃花之后，虽说风丽残春仍是对酒当歌，寄意咏怀，但觉花香依旧，若梦若幻，进而"梦与花神携手，巫阳思逐""幽欢流畅"，因而兴叹道："此乐何幽。"于是进入与花同化的灵幻境界之中，将赏花的幽趣描写得淋漓尽致，而且韵味绵绵不绝，令人遐想不已。

游武夷记

曹学佺

作者简介 ——————————

曹学佺(1574—1647),字能始,号石仓,侯官(今福建闽侯)人。万历二十三年(1595)进士。任四川右参政、按察使。天启间官广西参议,因著《野史纪略》被劾削职。明亡后,曾任南明唐王礼部尚书。清兵入闽,自缢山中。著有《石仓集》《蜀中广记》,又选辑上古至明代诗歌,编为《石仓十二代诗选》。

以七夕前一日发建溪[1],百里,抵万年宫[2],谒玉皇太姥十三仙[3]之列,履汉祀坛[4],即汉武帝时所谓"乾鱼荐武夷[5]"者也。泛舟溪上,可以望群峰,巍然首出,为大王[6];次而稍广,为幔亭[7]。按魏志:"魏子骞[8]为十三仙地主,筑升真观于峰顶,有天鉴池、摹鹤岩诸胜。以始皇二年[9],架虹桥而宴曾孙,奏'人间可哀'之曲。"今大王梯绝不可登,幔亭亦惟秋蝉咽衰草矣。玉女兜鍪[10]之下,数里,为一线天[11]。道经友定[12]故城,虎为政,游人不敢深入。两崖相阖者里许,中露天光仅一线。有风洞,白玉蟾[13]斩蛇于此,今祠之,而肃杀之气犹存云。

移舟过大藏峰[14]，踵御茶园[15]，万磴而上，其山如鸟巢，盖魏王[16]易裸服[17]以登天柱[18]者，为更衣台。渡隔岸，谒朱子[19]所读书，拜其遗像，徘徊久之。以一径入云窝，陈丹枢[20]修炼之所，存其石灶。出大隐屏[21]以西，登接笋[22]木梯铁缆之路，视上则恐错趾，视下则恐眩目；千盘而度龙脊，乃有仙弈亭可憩。修竹鸣蝉之外，黄冠[23]启闭于丹房而已。天游虽称崔嵬过之[24]，然迢递可肩舆[25]入。

登一览台[26]，于是三十六峰之胜，可屈指数矣。复命舟里许，过隘岭，为陷石堂。小桥流水之中，度石门而桑麻布野，鸡犬声闻，依稀武陵之境乎？于是望鼓子峰[27]相近，穿修篁[28]五里，木石栈道，相为钩连。叩岩石，逄[29]然作鼓声。岩下为吴公洞，洞旁为道院。

是游凡以次达九曲[30]矣，乃归万年宫。从山麓走二十里，游水帘[31]，乱崖飞瀑而下，衣裙入翠微尽湿。以别涧出崇安溪之西楚道上。

曹学佺曰："余考《武夷祀典志》，详哉其言之，则知人主之媚于神仙所从来矣。始皇遣方士徐市[32]求仙海上，而武夷不少概见[33]，何以故？又按魏子骞遇张湛十三仙，及宴曾孙，俱始皇二年事，何其盛也？而后无闻焉。夫山灵[34]之不以此易[35]彼，明矣。语云：'遗荣可以修真[36]'，是之谓夫？"

注释

[1] 建溪：水名，在闽江上游。

[2] 万年宫：唐时建，俗称武夷宫。

[3] 十三仙：传说战国末期魏国的王子骞，入武夷山访道，随后张湛、孙绰、赵元、彭令昭、刘景、顾思远、白石先生、马鸣主、胡氏、李氏、二鱼氏等十二人也到武夷山修炼，共推王子骞为主，后遂称十三仙。

[4] 汉祀坛：汉武帝所立，用来祭祀武夷君的神坛。

[5] 乾鱼荐武夷：汉武帝时，有人奏请祭祀各方神灵以拟出规格，其中有"武夷君用乾鱼"之奏，汉武帝准许在各相关地方和长安分两地为武夷君立祠。汉成帝时停止一批祭祠，其中有武夷君祠。

[6] 大王：即大王峰，又称天柱峰。

[7] 幔亭：即幔亭峰，在大王峰北，崇阳溪畔。

[8] 魏子骞：即王子骞，因是魏国人故称魏子骞。

[9] 始皇二年：相传秦始皇二年，八月十五日，武夷君在幔亭峰大会乡人，称呼乡人为曾孙。

[10] 玉女：即玉女峰。兜鍪（móu）：即兜鍪峰。

[11] 一线天：在玉女峰西南，因两边崖壁十分陡峭，从谷底仰视，只呈现岩顶的天光一线，故此得名。

[12] 友定：陈友定，元末统领福建八郡的平章。

[13] 白玉蟾：道人，曾在武夷山中修道，南宋嘉定年间奉诏入朝，被封为紫清明道真人。

[14] 大藏峰：峰名，在武夷四曲。

[15] 御茶园：在五曲大藏峰前，古时在此制茶上供皇帝。

[16] 魏王：即王子骞。

[17] 易裸服：改穿袒露身体的衣服。

[18] 天柱：即天柱峰。

[19] 朱子：即朱熹。武夷五曲有朱子精舍，传为朱熹读书处。

[20] 陈丹枢：陈省，曾任兵部侍郎，万历十一年（1583），曾隐居在云窝。

[21] 大隐屏：即大隐屏峰，溪南有小隐屏峰。

[22] 接笋：峰名。

[23] 黄冠：因道士所戴的帽长，多为黄色，所以称黄冠，后为道士的别称。

[24] 天游：即天游峰，在武夷六曲。崔嵬：嵯峨高峻。

[25] 肩舆：代步工具，由人抬着走。此处指乘轿。

[26] 一览台：在天游峰顶。

[27] 鼓子峰：在武夷八曲。

[28] 修篁：修竹，长竹。

[29] 逢（péng）：拟声词，鼓声。

[30] 九曲：九曲溪。武夷山随着山势、路径形成的自然曲折，每一曲都有名胜，共有九个大的弯曲，九曲有灵峰、毛竹洞。

[31] 水帘：水帘洞。武夷山最大的岩洞。

[32] 徐市：齐人，一名徐福。据《史记·秦始皇本纪》载：秦始皇二十八年（前219），齐人徐市等上书，言海中有三神仙，仙人居之，请得斋戒，与童男女求之。于是，秦始皇遣徐市发童男女数千人，入海求仙。

[33] 不少概见：不见梗概。此指《武夷祀典志》对徐市求仙事不见一点儿记载。

[34] 山灵：山神。

[35] 易：改变。

[36] 修真：此指存养本性。

译文

我在农历七月初七的前一天出发前往建溪，行程百里后，到达了万年宫，在宫里拜谒了玉皇大帝、太姥以及十三仙等神祇。之后又赶往汉祀坛，也就是汉武帝时"乾鱼荐武夷"的地方。划着船在小溪上，可以瞭望群山，第一个巍然探出山峰的是大王峰，第二座山峰山势宽广，是幔亭峰。按《三国志·魏志》记载："魏子骞是当年十三仙的地主。他在峰顶上建造了升真观，旁边还有天鉴池、摹鹤岩等诸处名胜，并在秦始皇二年八月十五日，在幔亭峰架设虹桥然后宴请乡人，并称呼他们为曾孙，演奏'人间可哀'的曲子。"如今大王峰上山的梯子已没有了，所以难以登攀。幔亭峰也只剩下秋蝉鸣咽着凄凄衰草了。山势从玉女峰、兜鳌峰急转直下，行数里后，便到了一线天。路经当年陈友定修建的故城，这里经常有虎当道，所以游人不敢深入。两座山崖像两扇大门一样合拢，这段路程有一里左右的距离，头顶之上只露出一线天光。再往前走，有风洞，这就是当年白玉蟾斩蛇的地方。如今这里专门为他建立了祠堂，只是感觉当年的肃杀之气还存在着。

乘船过了大藏峰，接着来到御茶园，向上登上万级台阶，山就像是一只鸟巢。这里好像就是当年王子骞换衣服后登天柱峰的地方，上面还有更衣台。渡河到了对岸，拜谒了朱熹当年读书的地方，参拜了他的遗像，在那里徘徊了很久。从一条小路到了云窝，这里就是当年陈丹枢修炼的地方，那里还存留着他用过的石灶。走到大隐屏的西面，登上接笋峰的铁索木梯，向上看唯恐踩差了一步，往下看则害怕头晕目眩。经过千番盘旋终于度过了龙脊，便有仙弈亭可供休息。这里除了高高的竹子、鸣噪的蝉之外，就是道士在此进出丹房了。天游峰号称为嵯峨高峻，然而那艰险而遥远的道路只可以用人抬着轿子到达。

登上一览台，于是三十六峰的胜景全在视野之下，可以伸出手指一一数过来。随后又命船行驶一里来地，驶过溢岭是陷石堂。在小桥流水之中穿过石门，是满田野的桑麻，鸡犬之声相闻，仿佛到了武陵外的桃花源。于是看到鼓子峰就在眼前，穿过五里的竹林，前面是木头和石头修成的栈道，相互钩连在一起。敲击路边的岩石，砰砰的有敲鼓的声音。岩石下面是吴公洞，洞旁边是道观。

这次游览按照次序游览到了九曲，于是又回到了万年宫。从山脚前行二十里，游览水帘，乱石之上一面瀑布飞流直下，身上的衣服走到翠绿的杂草中时被溅起的水珠全都溅湿了。最后从其他溪涧出了崇安溪，回到西边的西楚道上。

曹学佺说："我考证《武夷祀典志》，里面的记载非常详细，知道了人为什么会取悦神仙了。秦始皇派遣徐福往海上为他求取成仙的药，而武夷山中也有许多类似的事情，什么原因呢？如像魏子骞遇到张湛十三仙的故事，以及他宴请他的曾孙的事情，这些都是秦始皇二年的事情。这样的事情真是太多了，以后就再也没有听闻了。山中的神灵是不会用这种事去做交换的，这已经是很显而易见了。有人说：'丢舍虚荣可以修养真性。'就是这样的啊！"

赏析

福建武夷山市内的武夷山,是著名的道教胜地。作者的游览从万年宫起,最终又返回到万年宫。全文的前半部主要是根据《武夷祀曲志》的记载,考察了有关道教传说的遗迹。这不能不说是一种"文化苦旅",文中对各遗迹中的人物记述与传说事件,完全是熟稔于心,而且一个个道教人物,一件件道教典故,被作者一一道来:玉皇太姥十三仙、汉武帝时"乾鱼荐武夷"外、魏子骞为十三仙地主、架虹桥而宴曾孙、友定故城、白玉蟾斩蛇、魏王易裸服的更衣台、朱子所读书、陈丹枢修炼之所。由此可见曹学佺深厚的文化功底,此外在山水游记中如此熟练地罗列人文典故,在古代游记中是不多见的。在本文的后半部,作者开始将九曲溪所见的山水名胜,付诸笔端。山岭、石堂、小桥流水、桑麻鸡犬,"依稀武陵之境乎?"最后全文依古体,无一例外地都要引入议论,以"遗荣可以修真"作为最后的收尾,将前半篇仙道的逸闻做了一个总结,也是批判。

游焦山[1]小记

李流芳

作者简介

李流芳（1575—1629），明代诗人、书画家。字长蘅，号檀园，晚号慎娱居士。歙县（今属安徽）人，侨居嘉定（今属上海市）。三十二岁中举人，后绝意仕途。诗文多写景酬赠之作，风格清新自然。与唐时升、娄坚、程嘉燧合称"嘉定四先生"。擅画山水，学吴镇、黄公望，舒爽流畅，为"画中九友"之一。亦工书法。

二十七日，雨初霁，与伯美约为焦山之游。孟阳、鲁生适自瓜州[2]来会，亟呼小艇，共载到山，访湛公于松寥山房，不遇。步至山后，观海门二石，还登焦先岭，寻郭山人故居，小憩山椒亭子。与孟阳指点旧游。孟阳因诵湛公诗："风篁一山满，潮水两江多"，相与赏其标格。寻由小径至别山、云声二庵，径路曲折，竹树交翳，阒然非复人境。有僧号见无，与之谈，亦楚楚不俗，相与啜茶而别。寻《瘗鹤铭》[3]于断崖乱石间，摩挲久之。还饭于湛公房。孟阳、鲁生遂留宿山中。

予以舟将渡江，孟阳、鲁生与山僧送余江边，徙倚柳下，舟行相望，良久而灭。落日注射，江山变幻，顷刻万状，与伯美拍舷叫绝不已。因思焦山之胜，闲旷深秀，兼有诸美。焦先岭上，一树一石，皆可彷徨追赏。其风涛云物，荡胸极目之观，又当别论。且其地时有高人道流如湛公之徒，可与谈禅赋诗，逍遥物外。观其所居结构精雅，庖湢[4]位置，都不乏致。竹色映人，江光入牖，是何欲界，有此净居？孟阳云："吾尝信宿兹山，每于夕阳登岭眺望，落景尚烂于西浦，望舒已升于东淑；琥珀琉璃，和合成界，熠熠恍惚，不可名状。"嗟乎！苟有奇怀，闻此语已，那免飞动？

予自丁酉来游，未皇穷讨。人事参商，忽忽数年，始一续至。又以羁绁俗缘，卒卒便去，如传舍然。不知此行定复何急？良可浩叹，自今以往，日月不居，一误难再。赋归之后，纵心独往，尚于兹山不能无情，当择春秋佳日，买小艇，襆被宿松寥阁上十日夕以偿夙负。滔滔江水，实闻此言。

注释

[1] 焦山：位于镇江市区东北约5公里的长江之中，初名樵山，后因东汉末年，焦光隐居在此，便改樵山为焦山。

[2] 瓜州：镇名，在长江北岸，即今扬州市南部长江边，京杭运河分支入江处。

[3] 瘗鹤铭：焦山上的著名摩崖刻石，存90余字。刻于南朝梁代天监十三年（514）原刻在镇江焦山西麓断崖石上，中唐以后已有著录

记载，后来遭到雷击崩落到长江之中，北宋熙宁年间，修建运河，工人在江中捞出一块断石，经辨认，认定此断石正是史书上记载的坠落江中的《瘗鹤铭》的一部分。一百年后南宋淳熙间，运河重新疏浚，工人又打捞出四块。经考证，这几块断石也是《瘗鹤铭》的一部分。这样，与先前打捞上来的那块断石拼凑在一起，正好是失传很久的《瘗鹤铭》。到了明洪武年间，这五块断石又坠入江中。康熙年间，镇江知府陈鹏年不惜花巨资募船民打捞，终于在距焦山下游三里的地方，又将这五块残石捞了出来，乾隆二十二年（1757）嵌于焦山定慧寺壁间。

[4] 庖湢：厨房和浴室。

译文

二十七日，下过雨后，天气刚放晴，我和伯美相约到焦山游览。正巧孟阳、鲁生也从瓜洲赶来相会，于是急忙喊了条小船，载着我们几个一同前往。到了焦山之后，先是到了松寥山房探访湛公，可惜没有碰到他。随后步行来到山后，观赏了海门二石，接着又登上焦先岭，寻找郭山人的故居，在山椒亭稍微休息了一会儿。把以前游历过的地方指出来给孟阳看。孟阳因此背诵湛公的诗文"风篁一山满，潮水两江多"，相约跟他赏析了这诗文的格律。时间不长，我们从小路来到别山和云声两座庵堂，这条小路蜿蜒曲折，竹影林荫斑驳交错，寂静得好像不是在人间。有一位叫见无的僧人，和他交谈，感觉谈吐不俗，后来在一起喝了茶，这才相互辞别。在断崖乱石之间最后才找到摩崖石刻《瘗鹤铭》，我用手摩挲了良久。返回后，在湛公的房内吃的饭。孟阳和鲁生留在山中过夜。

我乘船准备过江，孟阳、鲁生和山中的僧人一同送我到江边，他们徘徊留连于柳树之下，小船离岸了，大家久久相望，很久才消失在视野之中。这时落日余晖向下照射，江天山色变幻万千，瞬息万变，我和伯美情不自禁地拍打着船舷赞叹不已。回忆这焦山优美的胜景，宁静而空旷，幽深而又秀丽，兼有各种美景。在焦先岭上，一棵树一块石，都能够令人流连赏玩；那风起云涌荡涤心胸的景色，极目远眺，又当别论；另外这里又经常有像湛公这样的高逸之士、修道之人，可与他们谈禅赋诗，逍遥于尘世之外；看他们的居所，结构精巧雅致，连厨房、浴室的布置，都不乏别致。青翠的竹色映入眼帘，江面的水光照进窗内，这是什么样的境界，有如此洁净的所在？孟阳说："我曾经在这山里连住两夜，每当在夕阳西下时，登上焦先岭极目远眺，落日下的余晖尚在西浦下的江面上闪烁光彩；月亮在东溆之上悄然升起，好似琥珀琉璃一样清澈，将天地融汇在一起，光色迷离、熠熠生辉，简直难以用言语来描述。"唉！假如你有奇异的想法，听了这些言语之后，怎能不心驰神往？

我自从在丁酉年来此游览之后，还没有来得及深入地回味。人事沧桑，转眼时光已飞逝数年，现在又从头再续前缘，怎奈又有尘世的俗缘牵绊，匆匆一游便要离去，感觉这人世就似那旅途一般。也不知这次行程怎么又如此的仓促？实在令人感叹，从今往后，时光流逝，错过之后就不好再续。有朝一日回家闲居，再心无挂碍只身前往，对于这座山还不算无情。到时当挑选春秋时节的良辰吉日，买一只小船，准备好行装在松寥阁住上十天十夜，来补偿过去应许的诺言。这滔滔不息的长江之水,听闻此言,也应该为我作证。

赏析

焦山位于江苏镇江东北的长江之中,相传为东汉焦光隐居的地方,所以取名焦山,历来是文人墨客游赏胜地。本文开头,写雨过天晴之后,作者和友人相约游山,然而寻访不遇,于是又转而游观"海门"二石,登焦光岭,另访山人故居。山亭小憩之时,作者向友人指点昔日游处,只见满山修竹,江水波涌,这景色令人猛然想起湛公诗中所描写的"风篁一山满,潮水两江多"的诗句。接着写小亭稍歇之后由小路前往别山、云声二庵,在庵中小坐品茗之后,便开始探寻《瘗鹤铭》碑刻。

当作者和友人在断崖乱石之中找到这片碑刻之后,观赏久之,摩挲不已。这里没有多用笔墨,但缅怀古人之情,已分明可见。游览之后,行将归去,作者心中自然不愿离开这清秀隽秀之地,可是有俗事缠身,知"势不可留",只得怏怏而去"。友人与山僧在江边送别,"徙倚柳下,舟行相望,良久而灭",久久伫立送别之状,依依惜别之情,读来使人备感真切。

然后作者又写舟中所见江中之景。只见"落日注射,江山变幻,顷刻万状",作者和友人不禁"拍舷叫绝",随着江舟的远行,焦山的美景却深深印在作者心中,故而回想品评,以为它的胜美处在于"闲旷深秀,兼有诸美"。尤其是焦松岭上的"一树一石,皆可彷徨追赏",至于那"风涛云物,荡胸极目之观",更是令人赏心悦目。况且，这里有"高人道流"，可与之论禅赋诗，逍遥物外；还有他们的休息之地也是令人倾羡的地方，故而作者发出了"是何欲界，有此净居"的感叹。为进一步将焦山的俊美写深写透，作者又引用孟阳的话来形容焦山之美。文章最后总叙两次游焦山，首次未能尽兴，这次再游，又因"羁绁俗缘"，只能匆匆离去。自然心中遗憾，故而说"良可浩叹"！然而，焦山实在太美了，作者虽然有"一误难再"之感，却仍有着三游的强烈欲望，并且设想来日再游定然"被宿松家阁上十日"，为的是"以偿夙负"，了却平生之愿。本文对景物的描写，有直接的描写，也有以引诗、引语的间接形容，写得有声有色，栩栩如生。尤其写江上落照，更是妙笔生花，回味无穷。

醴泉寺[1]记

杨梦衮

作者简介

杨梦衮（1577—1632），字岱宗，今山东省淄博市高青县人，自幼聪敏好学。明万历四十七年（1619）进士，后被选入翰林院，授庶吉士，编修国史。明神宗万历二十五年（1597），明代宫廷大火，三大殿荡然无存，杨梦衮受命督修，因功绩卓著，升至太仆寺卿、后累迁至工部尚书，晋加太子太保、柱国光禄大夫，并在小新城街为杨梦衮立"日近天颜"坊。崇祯元年（1628），阉党分子上疏，污称杨梦衮侵欺三殿工程款，思宗未经查证，便将其削职为民。此时，杨梦衮正逢丧妻之苦，又遭六子连续夭亡之痛，今蒙削职不白之冤，疏上昭雪，如石沉大海，遂屏迹邹平山林，自号长白山樵，著书立说，以乐天年。崇祯五年（1632），杨梦衮卒。临终遗嘱：死后不入先人墓，葬于长白山麓，碑刻上书：云林樵冢。所著书籍，尽取焚之。杨梦衮死后，崇祯帝为其昭雪，将其墓移葬于青城县城西北二里处。

长白山[2]最胜处在醴泉一寺。寺据山腹，负阳抱阴，三面青嶂，北面空阔，入山取道有二：东北来浒山铺[3]；西北来青阳店[4]。山麓绵远，行数十里以渐高，翠微中万木苍苍，乃醴泉寺也。

寺有范文正公祠，祠面南，祠后佛殿面北，如凥相对。殿台高数尺，台北有阁，登而眺焉，苍翠环抱，扑人眉睫。北望，莽莽苍苍有潴水，曰浒山泺，内有菱芡莲藕之属。每遇秋高，鹤鹳水鸟群集喧呼，宛然泽国也。寺东，崖间有方池，镌"醴泉"二字。好事者覆以亭，今废。寺西有涧，日夜潺湲自南山而来，且断且续，莫得其源。入春，山溜泠泠，到处流溢。僧引而灌蔬，亦引入院宇中。遵涧南行三四里，涧穷。悬崖石罅中有水下滴，累累如贯珠。旁有积雪，春夏不消，涧水盖出于此。至穴地，小泉埋没于草根木叶间者，甚多。脉脉汩汩，汇为一流，注涧中，掬而饮之，味甘芳，不亚中泠、惠山[5]。醴泉所由名也。

南岩上，绝险处有石洞，可容三两人。四旁乱山无数，人迹不到，惟一鸟道而侧足行。相传为文正公读书处，俗呼下书堂。寺两旁僧居四五十舍，山有祭田，供文正公春秋俎豆[6]，耆宿[7]递主其事，祭之日，令君[8]临焉。文正公读书寺中，画粥断齑事[9]最著。学士大夫至今慕之。四方来游者不绝，壁上题咏，玉石错杂。僧称公为范爷，称其祠曰圣人殿。尸祝之，若畏垒然[10]。隆中抱膝[11]、岘首堕泪[12]又何让焉。

此山泉甘木茂，谷中产柿、栗、胡桃之属；涧中鱼虾历历具介而已，蟹仅钱大，亦可啖。第山田瘠确，治生为难，又荤蔬稀少，酒脯更乏。客至沽酒，必抵青阳店，往返二十余里。所喜者尘嚣不及，堪以习静。

余于万历已酉与二三同志曾结社其中。丁巳春，复往游，居半岁许。空门昼永,鸟声上下,树色参差,玉笙铁笛,时时断续,划然长啸,手弄潺湲,身卧烟霞,真可乐而忘返矣。

注释

[1] 醴泉寺:位于山东省邹平市境内西南长白山中,始建于南北朝后期,唐中宗时,寺僧仁万重建寺院时东山有一泉涌出,中宗赐名"醴泉",醴泉寺即由此得名。

[2] 长白山:此长白山位于山东省邹平市南部,因山巅常有白云缭绕而得名。向有"泰山副岳"之称。

[3] 浒山铺:位于邹平市青阳镇。

[4] 青阳店:在今山东邹平市西。

[5] 中泠、惠山:中泠泉和惠山泉。中泠泉,在今江苏镇江西北,金山下的长江中;惠山泉,在江苏无锡西郊,有"天下第二泉"之称。

[6] 俎豆:俎和豆。古代祭祀、宴飨时盛食物用的两种礼器。此指,摆好祭器祭祀。

[7] 耆宿:特指年高有德望的人。

[8] 令君:即县令。

[9] 画粥断齑事:也作断齑画粥,据《五朝名臣言行录·参政范文正公》记载:"公生二岁而孤。"宋魏泰《东轩笔录》说:"范文正公少与刘某上长白僧舍修学,惟煮粟米二升,作粥一器,经宿遂凝,以刀画为四块,早晚取二块,断齑数十茎,酱汁半盂,入少盐,暖而啖之。如此者三年。"

[10] 尸祝之，若畏垒然：崇拜他就像仰望高山。尸祝之，崇拜。钱谦益《赵叙州六十序》中有言："（赵君）中蜚语，挂冠以归，蜀人迄今尸祝之。"畏垒，山名。

[11] 隆中抱膝：据记载，诸葛亮在隆中隐居时常喜抱膝长啸，吟《梁父吟》。

[12] 岘（xiàn）首堕泪：魏晋时期晋国的羊祜镇守襄阳时，勤于治世，大兴学校，关心百姓疾苦，后来在他死后，人们在他常游玩的岘山上为他立庙建碑，来此游赏的人见了无不落泪。后遂以"岘首堕泪"比喻对死者的怀念。

译文

长白山最优美的景色在醴泉寺。醴泉寺建在长白山的腹地，背靠山阳面向山阴，三面都是青山环绕，只有北面空旷宽阔。进山有两条路，东北方向的一条路是自浒山铺而来，西北方向的一条路是从青阳店通向这里。山势绵延，走几十里后，山势便渐渐升高，一片翠绿之中万木苍苍，这就是醴泉寺。

寺里有范文正公的祠堂，祠堂面向南方，祠堂后面的佛殿面向北方，两殿好像屁股相对。佛殿的台基高有数尺，台基的北面有一座楼阁，可以登临眺望，寺院的周围苍翠环抱，直映眼帘。向北眺望，莽莽荡荡之中有一片水泊，就是浒山泺，里面长着菱角、芡实、莲藕之类的植物。每年到了秋高气爽的时候，仙鹤、白鹤之类的水鸟成群结队地聚集在这里，喧吵鸣叫，就像是一片水泽王国。守院东面的山崖间有一个方形的水池，池上的石头上镌刻着"醴泉"二字。有人在池子上面建造了一座亭子，如今亭子早已经废弃。寺院的西面有一条山涧，涧中的溪水从南山日夜不停地潺潺流淌，时断时续，找不到它的源头在哪儿。到了春天，山中的水流泠泠，流溢的哪儿都是。僧人们将水引来灌溉田地，也把水引入寺院中。沿着山涧向南走三四里，山涧便到了尽头，这里山崖间的石缝里有水柱下滴落，一滴滴连起来像一串珍珠。旁边有积雪，春天和夏天都不会融化，涧中的溪水大概就是从这里流出的。到了低洼的地方，细小的泉水隐藏在草根和树叶之间，非常的多。潺潺汨汨汇聚成一条溪流，一直注入到山涧之中，用手捧起来喝一口，味道甘甜而芳香，不次于江苏丹徒的中泠泉和江苏无锡的惠山泉，醴泉由此而闻名于世。

南面山崖上，在绝险处有一口石洞，洞里可以容纳两三个人。周围有凌乱的山峰无数，人迹罕见，只有一条狭窄得只有鸟儿能通过的小路，可以侧着身子通过。相传这里是范文正公读书的地方，俗称下书堂。醴泉寺两旁有僧舍四五十间，山上有祭田，收成用于春秋两季祭祀范文正公时的开支。平时由有德望的长者依次轮流操持祭祀。祭祀之日，当地的县令会亲临。范文正公当年在寺院中读书，"画粥断齑"的故事最为流传。读书人和官员们至今仍仰慕不已，四方的游人不断地来这里游览，墙壁上题诗歌咏之作很多，但优劣间杂。僧人称范文正公为范爷，称供奉他的祠堂为圣人殿。崇拜他的样子有如高山仰止，即使像隆中抱膝长啸的诸葛亮和死后令岘山百姓落泪的羊祜都不能超越！

长白山的泉水甘甜，树木繁茂，山谷中盛产柿子、板栗、胡桃之类的。溪水中有各种各样的鱼虾，溪中所产的螃蟹只有铜钱大小，也可以吃。只是土地贫瘠，生活很艰难，又缺少蔬菜瓜果，酒肉之类就更缺乏了。来了客人要打酒，必须到青阳店才能买到，往返要二十余里。令人喜欢的是这里听不到尘世的喧嚣，可以在这里修习性情，安静休养。

我在万历已酉年曾与二三个志同道合的朋友在这山中结社。丁巳年春天又去游览，居住了半年左右。空寂的门庭显得白天很长，鸟儿在树上忽上忽下地鸣叫，绿树颜色深浅参差不一，玉笙和铁笛的吹奏声时断时续，有时划然一声长啸，手掌拨弄着潺湲的水波，置身云烟红霞之中，真是令人快活得忘记回去了。

赏析

醴泉寺在山东省邹平市的长白山中，寺院不是太大，景色也非胜景，但在作者的笔下却别具一格，清新可爱。这无疑是作者情感所致、笔力所达起到的作用。文章开篇，即点明"寺据山腹"。接着一点点引出，"山麓绵远，行数十里以渐高，翠微中万木苍苍，乃醴泉寺也。"随后以时空顺序来立体地记叙醴泉寺，"寺有范文正公祠""祠后佛殿面北""台北有阁""北望，莽莽苍苍有潴水，曰浒山泺""寺东，崖间有方池，镌'醴泉'二字""寺西有涧"。至此，作者转变视角，由时空记叙转为游踪记叙，"遵涧南行三四里，涧穷""南岩上，绝险处有石洞""寺两旁僧居四五十舍，山有祭田"。接着又记叙了山中的土产，"谷中产柿、栗、胡桃之属""涧中鱼虾历历具介而已，蟹仅钱大，亦可啖"。文章最后借景抒情："真可乐而忘返矣。"

翔凤庵记

杨梦衮

长白之西有迦峪,地狭而境奇。客自西来,不见庵并不见峪。及山半悬崖上,稍稍见场圃之属。折而北,有松扉挂空翠间,曰翔凤庵。

及扉,又东折,蹑磴而上则僧居也。茅屋不甚高,而楚楚可爱。每数椽别为一院。高下相间,层层有致。下处矫首仰观,人在树杪[1]间,窗牖缥缈如仙居。高处俯身凭栏,则茶烟一缕自香积[2]中起如画。地阒寂,俗客不到。余昔游其庵,所谓兴上人者,殷勤甚,屋中设净几一张,垂帘,出肴核烹茗而荐。壁上有名公题咏,往往得佳句。庭除散步,树荫,鸟语之外寂无见闻。峭壁嶙峋,环抱斗室,居者不局而严。

佛殿一区小而洁。上人曰:"新为之,檀越[3]氏梁、邹、张封公[4]也。"庵外有农三五家,悬崖置屋,僧之园丁、佃夫也。崖下有水,四时清澈,掬而饮之若琼浆,然自兴上人没而水涸。

注释

[1] 树杪（miǎo）：树梢。

[2] 香积：即香积厨，僧人的厨房。

[3] 檀越：施主。

[4] 封公：亦作封翁，古代因子孙显贵而受封赠的人称封公。

译文

　　在长白山的西面有一条叫迦峪的山谷，地势狭窄但环境奇幽。游客若从西方前来，一般看不见庵房，也看不到山峪。等走到半山腰的悬崖上，才稍稍看到谷场、菜园之类。从山腰转而向北，有用松枝做的柴门，掩映在青翠的草木之中，这里就是"翔风庵"。

　　等到了柴门前，再转而向东，踩着石阶向上，就是僧房了。茅屋不太高，但看上去楚楚可爱。每隔数间房子就另成一个院落，高低错落，层层有序。从下面仰头望去，看见上面的人好像站在树梢间，门窗影影绰绰好似神仙的居所。从高处扶着栏杆向下俯视，则看见煮茶的炊烟一缕缕从僧人的厨中生起，有如画卷一般。这里地势偏僻幽静，世俗的游客很难找到这里。我过去游历此庵时，有位兴上人，待客非常殷勤。他的屋里陈设着一张洁净的木桌，垂着帘子，拿出肉类、果类食品，煮了茶招待我。墙壁上有许多名人的题诗，常常有一两句佳句可读。闲余时在庭院里散步，除去树荫、鸟之外，寂静得什么也看不见，什么也听不见。四下里峭壁嶙峋，环抱着小茅庵，住在这里的主人不必关门就已经很安全了。

庵内的佛殿小巧而干净。上人说:"这是重新修缮的,施主有梁姓、邹姓和张姓的封公。"庵外有三五家农户在悬崖下建了房舍,这些人都是寺院的园丁和佃户。山崖下有水,长年都清澈无比。捧起来品尝,甘醇得有如琼浆,可是自从兴上人死后,这水就干涸了。

赏析 ─────────────

这篇小文是一幅小品速写文章,用言极简,平铺直叙,无多修饰,但写景摹人却极为传神,这亦是这篇文章的点睛之处。"有松扉挂空翠间,曰翔凤庵。"短短的十多个字便将翔凤庵的轮廓勾勒出来了,"蹑磴而上则僧居也。"随后的这一段描写,娓娓道来,如叙如诉,但整体形象已瞬间跃然纸上,"茅居不高,而楚楚可爱。每数椽别为一院。高下相间,层层有致。下处矫首仰观,人在树杪间,窗牖缥缈如仙居。高处俯身凭栏,则茶烟一缕自香积中起如画。"写景之后,登堂入室,有僧人兴上人奉茶款待,于是作者眼睛所及,看僧寮内的布置景物,只是"设净几一张""壁上有名公题咏"仅此而矣。随即来到庭院之中,"树荫,鸟语之外寂无见闻。"好一幅静寂无声的野山居寺,一股淡淡的宁静扑面而来。接着作者又写道:"庵外有农三五家、崖下有水,四时清澈。"这真是处闲适而宁静的安心之所,养性的良处,其在作者的笔下,散发着淡淡的田野的清香,使人仿佛身临其境一般。

游洞庭诸刹记

姚希孟

作者简介

姚希孟(1579—1636),字孟长,号现闻,南直隶苏州府吴县(今属江苏)人。姚希孟儿时父亲辞世,由寡母文氏抚养成人。于万历四十七年(1619)中进士,后改庶吉士。姚希孟的仕途并不得志,他和舅父文震孟因被魏忠贤列为东林党成员,遭到排挤遂削籍。崇祯年间,希孟与姚明恭主顺天乡试,因武生冒籍,群小攻讦希孟,以至被贬官,从詹事贬至少詹事,掌南京翰林院,不久称病寻归,后在家居住二年后,病卒。据载姚希孟母亲文氏卒后,他蔬食三年,昼夜诵佛经不止。著成《佛法金汤征文录》十卷。另外还著有《文远集》《公槐集》《响玉集》《棘门集》《沆瀣集》等。

西洞庭[1]多古寺,有十八招提[2]之目。余次序游之。十七日从包山[3]至罗汉坞,有寺废而将兴。上方寺亦苍凉,无足观。是日登缥缈[4],循山后坡陀而下,问西湖寺[5]宿焉。寺衰飒,将成菜圃,赖沈朗臞修净因[6]于此,而某生新之。坐稍定,有声洵然鸣,以寺逼西太湖，奔涛震响，霜月之下，倍觉凄清。夜半梦醒，巨声轰磕，欲排匡床[7]，使我神骨俱栗。诘旦[8]，缘湖入村坞，朱实黄离[9]，与旭光相照。此昔人所谓"好景君须记"也。

将抵水月寺，长松夹道。寺前银杏数本，大可合围，霜叶凌舞，令人须眉古淡。摩石碑，读白香山、苏沧浪[10]二诗。迤道观无碍泉，涓涓一泓而已。

渡岭，得华山寺。寺在山之阴，连冈矗矗，拨黛捋蓝[11]，当仲伯包山。长松类水月，龙鳞虬干，寿且数倍之。映月更角[12]，奇炫怪。第山高，月出岭背，比树头发白，夜阑矣。

又次日，离华山，渡一小岭，橙橘愈繁，篱落间不胜艳冶，乃其风格严直，非若春葩撩人，差可拟安石榴耳。行行入长寿寺。寺所踞不甚胜，且摧圮，赖主僧修，已饶韵致，能淹客[13]。去寺半里，得松台，磐石如生公[14]说法处。一古松嵯峨骄蹇，前对霜橘百株，又为青林点绛。

因游甪庵[15]，道柯家岭。岭襟带西湖。是日风暄气柔，群峰可数，晴湖如镜，不风而涛，砰砰犹隔宵枕上。山坳起伏处并东湖，亦出肘腋下。连冈若腰带，两湖左右垂，最宜虚阁。而构神祠者，筑垣闭之，与湖光为仇，可怪。至甪庵，阑入[16]果园。有短墙插湖中，凭墙西瞩。颓阳[17]忽忽将堕，蒸霞飘发，目留而饯之。赤盘半玦[18]，至深红一线。既灭既没，湖水倒映，忽如长虹，而四山冥合[19]矣。是夜游岵，别有记。晓游甪头山，返舟中，穷龙渚石公[20]之奇。

廿三日，复从包山至天王寺。松林亡际，横被[21]数亩，其大小类水月[22]。而近寺数十株，鳞叠羽缀[23]，殆华山雁行[24]，正殿亦就颓。然制度古雅，前朝遗式也。坐华藏阁，独一面见山，而东西不穴窗[25]，以为恨。同日，游资庆[26]，睹黄叶纷飞，又凝水月银杏。然斜阳映其上，如苍髯老翁，脸昙[27]微酣，不独棱棱霜气。山同树，树同时，而借朝暾夕曛[28]之态，各自为姿容，犹人之含颦带笑，闪忽改颜，岂可以一貌尽哉。寺前香花桥，有古木蟉蟉[29]，觉其寺之深。桥以外无树，便觉山之浅。此包山、华山之所以为妙也，次则水月、天王矣。尝谓名刹之胜，不在焜炫[30]，而在古雅。老树插天，连章合抱，霜皮皱理，滴溜成疣[31]，一古也。殿阁参差，丹臒[32]暗淡，女萝陵苔[33]，赤纷绿骇，二古也。小有颓落，不伤静窃。若金碧烁睛，固为严饬[34]，搜讨幽怀，转非所惬。西山诸寺虽焕丽不足，而邃穆有余，大都借荫于叠岫[35]，而贷色于崇柯[36]。更以缔构[37]既远，兵燹不经，非六季[38]之遗规，则唐宋之故址。倾听而清音集，瞠视而矞影[39]现。嚣垢屏涤，靡侈汰净，正令人超忽荒苶[40]，有烟外之意。若使梵响时闻，禅规肇整，即鹫峰狮窟[41]，何多让焉。

注释

[1] 西洞庭：洞庭指的是苏州西南太湖中的东、西洞庭山的总称。洞庭东山原为岛山，明代时与陆地连在一起，形成半岛。洞庭西山是太湖中最大的岛屿。本文记叙的是洞庭西山。

[2] 招提：梵语，"拓斗提奢"的简语，原意指四方僧的临时住处，后用于寺院的别称。

[3] 包山：洞庭山的统称。

[4] 缥缈：即缥缈峰，洞庭西山的主峰。

[5] 西湖寺：太湖分为西湖和东湖，此指西湖中的寺院。

[6] 净因：释家语，指清净的善业因果，此指资助西湖寺修缮。

[7] 匡床：方正的大床。

[8] 诘旦：次日早上。

[9] 朱实黄离：指红的黄的果实挂在树上。

[10] 白香山：即唐朝诗人白居易。苏沧浪：即宋代诗人苏舜钦。

[11] 拨黛挼（ruó）蓝：意为，拨掉些黑色，揉搓进些蓝色。挼，揉搓。

[12] 更角：打更的角楼。

[13] 淹客：留客。

[14] 生公：南朝梁高僧道生，曾在苏州虎丘说法。

[15] 甪（lù）庵：以汉代隐士甪里先生得名的寺庵。

[16] 阑入：擅自闯入。

[17] 颓阳：夕阳。

[18] 半玦：形容落下一半的太阳。玦，古代的一种玉器，环形，有缺口。

[19] 冥合：暗合。

[20] 龙渚：水中龙形的沙洲。石公：洞庭西山的一座山峰。

[21] 横被：横着覆盖。

[22] 水月：水月寺。

[23] 鳞叠羽缀：形容老树的皮皲裂，像鱼鳞一样层叠堆积，像羽毛一样缀附在树上。

[24] 殆华山雁行：指这几十棵松树的年龄和华山寺的松树差不多。华山，指华山寺。雁行，雁阵，这里形容松树排列齐整，树齿相仿。

[25] 穴窗：开窗。

[26] 资庆：即资庆寺。

[27] 脸昊：面容慈祥。

[28] 朝暾：早上初生的太阳。夕曛：晚上落日的余辉。

[29] 轇轕（jiāo gé）：交错，杂乱。

[30] 焜炫：光彩耀眼。

[31] 痝（máng）：本义为肿起，此引申为隆起。

[32] 丹臒：涂饰色彩。

[33] 女萝：一种草，即菟丝。陵苕：即凌霄花，藤类植物。

[34] 严饬：庄严肃穆。

[35] 叠岫：重叠的山峦。

[36] 崇柯：高大的树木。

[37] 缔构：建造。

[38] 六季：指六朝。

[39] 矞（yù）影：祥瑞的云影。

[40] 荒茶：茂盛的野草。

[41] 鹫峰：指杭州灵鹫峰。狮窟：原义借指释迦牟尼佛的讲经场所，此指苏州狮子林。

译文

洞庭西山有许多古寺，有十八座寺院的名目，我依次进行了游览。十七日从包山到了罗汉坞，有座寺院已经废弃了，正在修建。上方寺也显得很是苍凉，没有什么可看的。这天登上缥缈峰，顺着山后的陡坡一直向下，寻访了西湖寺，夜里就住在那里。寺院看上去很是衰败，都快成菜园子了，后来全仰仗沈朗矑在这里修积善因，才不至于使寺院倾毁败落，再后来有某人将寺院重新进行了修缮。坐下稍稍安定后，就听到有轰鸣的声，原来是因为寺院太靠近太湖了，奔腾震荡的波涛声不断传来。霜天冷月之下，更觉得有些凄凉冷清。半夜里醒来，巨大的轰鸣声仍然响个不停，仿佛要把我睡的方床推开似的，令我禁不住身体战栗，内心惊恐起来。第二天一早，沿着湖岸进到村子里，红的黄的果实挂满了树梢，映照在旭日之下。这正像是古人诗中所说的"好景君须记"啊！

到达水月寺，道两侧长着高大的松树。寺前有好几棵银杏，最粗的树干有几人合抱那么粗，被霜打过的红叶凌空飞舞，令人的胡须眉毛都有一种清淡古朴的感觉。观摩石碑，读到白居易和苏舜钦的两首诗，迂回来到了道观中的无碍泉，不过是一泓涓涓细流的泉水。

翻过岭去。到了华山寺。寺院在山的阴面，四周山冈连绵矗立。远远望去，那山色仿佛拨掉了一些黑色，又揉搓进了一些蓝色，当与包山不分上下。高大的松树有点像水月寺中的松树，树皮像龙鳞，枝干虬曲着，树龄看上去是比水月寺的松树还要古老。月亮挂在打更的角楼上，光怪陆离。山很高，月亮从山岭背后出来，等到树的梢头都照得一片银白时，夜色已经很深了。

又过了一天，离开华山，登上一座小山岭，橙子、橘子在枝头越来越繁密，篱笆、院落之间充斥着艳丽妖冶的景象，但橙子和橘子的风格是严肃端直的，不像春花开得那样撩人，差不多可与石榴相媲美。走着走着就到了长寿寺。寺院坐落的地方不算殊胜，而且大都已经摧毁倾塌，全靠寺里的主僧修缮，现在已经变得饶有风韵气致，能够容留客人住下了。离寺半里，有松台、磐石，有点儿像高僧道生在虎丘说法的千人石。一棵古松巍峨挺立，一副桀骜不驯的样子，前面是上百株的霜橘，这又为这满山青林点缀上了一片绛红色。

因为游览甪庵要经过柯家岭。山岭如一条衣带般伸入洞庭西湖中。这天，风和日丽，群山历历在目，晴日下的湖面像一面镜子，没有风却依然听到波涛砰砰撞击的声音，好似隔着深宵击打在枕上。在山坳的高低起伏处，好像肘腋环抱连接着东湖。山冈连绵好似腰带，东西两湖左右相垂，这里最适合在山上建造楼阁，然而构建寺院的人却要再修筑围墙，把楼阁关起来，偏要和湖光为敌，真是奇怪。到了甪庵，径直进到果园。有一道短墙一直伸到了湖中，依靠着墙向西瞩望，落日悠悠忽忽地将要落下，霞光从湖面上迅疾地折射出来，眼看着夕阳西下难以挽留，只能目送了。落日像逐渐沉入湖中，像一只红色的大盘渐渐地只剩下一半，再后来只剩下深红色的一条线。渐渐地沉没消失，湖水映照着霞光，忽然好似一条长虹，而这时四周的群山已在夜色中重合在一起了。这天夜里游览了峄山，另外有记叙。早上游览了甪头山，返回船中，饱览了龙头渚、石公山的奇特景观。

二十三日，又从包山到了天王寺。松林一望无际，横向覆盖着好几亩的土地，规模大小有点儿像水月寺。靠近寺院有几十株松树很是苍老，树皮皱裂，像鱼鳞一样层层叠叠，像羽毛一样覆盖在树干上，这几十株松树的年龄和华山寺的差不多，天王寺的正殿已经残破，但建造形式古朴典雅，这是前朝遗留下的形制。坐在华藏阁上，只有一面可以看到山，而东西不开窗，以此深为恨事。同日，又游览了资庆寺，看到黄叶漫天飞舞，又怀疑是水月寺的银杏树的叶子在纷飞呢,然而斜阳映照在上面,好似一位留着苍白胡须的老翁,面容慈祥,脸上半露着酣醉的表情,不过是悲凉凄怆的霜冷之气。山上都是同一种树,树又都在同一个季节,凭借早上初生的太阳,晚上落日余辉的万般形态,而呈现出各种不同的姿态。好像人含着愁容的微笑,眨眼之间便改变了容颜,怎么可以用一种面貌来概括呢?寺前的香花桥,有古树盘根错节,枝蔓缠生,感觉这寺院极为深邃。桥的外面没有树,更加感觉山的浅显。这就是包山、华山之所以奇妙的地方。其次是水月寺和天王寺。我曾经说,名刹古庙殊胜的地方,不在光彩耀眼,而在古朴典雅。老树插入云天,树身有合抱粗细,树皮有如霜打过,花纹细密而有变化。树脂滴下,形成一个个隆起的样子。这是第一个古老的地方。殿堂楼阁参差坐落,殿阁上涂饰的油彩暗淡,古藤野花红色缤纷,绿色渲染,这是第二个古老的地方。一些小的地方稍有倾塌败落,但并没伤及幽深静谧的气韵。如果是金碧辉煌、光彩夺目,固然是严肃整齐了,但对寻求幽静意境的人们,却不是很惬意的事。洞庭西山诸多的寺院虽然油光亮彩不足,但深邃肃穆有余,大都是凭借着重山叠岭的庇护,和高大林木的衬托。再加上建造在比较偏远的地方,没有经历过兵乱战火的涂炭,又不是六朝的遗迹,更不是唐宋时期的旧址,在这里侧耳细听那清幽的声响传来,瞠目凝视那奇妙影像的呈现。将尘世的喧嚣污浊从心胸中荡涤出去,纸醉金迷的奢欲从心境中冲洗干净,真正令人超脱空虚的荣华,产生隐居世外的想法。如果能时时听到佛教的梵音,寺院的戒律法度整肃规范,就是比杭州的灵鹫峰、苏州的狮子林,又有什么逊色的呢。

赏析

本文开篇即点明，洞庭西山以多古寺庙著称，随后记叙了游览其中诸庙的过程及观感。但在记叙的过程中，作者紧紧把握游记的根本形式，不过多在寺院的沿革、建筑形式，以及寺院的构造上耗费笔墨，而是着重刻画诸刹在洞庭西山、西湖中的风姿，将景与物巧妙地融合在一起，并偶将议论、抒情散落其中。

作者以点式跳动的视角，描写诸寺的不同风光景色、田园建筑，但在不知不觉中，信者却将古树作为一条潜藏的脉落彰显出来。而且采用上下联系、分别比类的形式，将古庙的"古"与古树的"古"紧紧地联系在一起，使人深切地感受到"名刹之胜不在煜炫，而在古雅"的中心论点，从而使人更进一步了解到作者对世俗"嚣垢""靡侈"的厌恶情绪。本文在行文上也与中心论旨一样，力求朴质无华，自然淡雅，从而形成了思想与内容一致的古雅风格。

三游乌龙潭[1]记

谭元春

作者简介

谭元春(1586—1637),字友夏,号鹄湾,别号蓑翁。湖广竟陵(今湖北天门市)人,明代文学家。天启年间乡试第一,但之后谭元春又参加了几次会试,都没有考中。明思宗崇祯十年(1637)他入京会试时,不幸病死在旅店中,终年五十二岁。谭元春与同里钟惺同为"竟陵派"创始人,论文重视性灵,反对摹古,提倡幽深孤峭的风格,所作亦流于僻奥冷涩,著有《谭友夏合集》,与钟惺共编《诗归》《明诗归》,补遗1卷。共评《诗删》。另有《谭子诗归》《庄子南华真经评》《四六金声》等。

予初游潭上,自旱西门[2]左行城阴下,芦苇成洲,隙中露潭影。七夕再来,又见城端柳穷为竹,竹穷皆芦,芦青青达于园林。后五日,献孺[3]招焉。止生[4]坐森阁[5]未归,潘子景升[6]、钟子伯敬[7]由芦洲来,予与林氏兄弟由华林园[8]、谢公墩[9]取微径南来,皆会于潭上。

潭上者,有灵应[10]观之。冈合陂陀[11],木杪[12]之水坠于潭。

清凉[13]一带，丛灌其后，与潭边人家檐溜沟勺[14]，入浚潭中，冬夏一深。阁去潭虽三丈余，若在潭中立；筏行潭无所不之，反若住水轩。潭以北莲叶未败，方作秋香气，令筏先就之。又爱隔岸林木，有朱垣点深翠中，令筏泊之。

初上蒙翳[15]，忽复得路，登登至冈。冈外野畴方塘，远湖近圃。宋子指谓予曰："此中深可住。若冈下结庐，辟一上山径，俯空杳之潭，收前后之绿，天下升平，老此无憾矣！"已而茅子至，又以告茅子。

是时，残阳接月，晚霞四起，朱光下射，水地霞天。始犹红洲边，已而潭左方红，已而红在莲叶下起，已而尽潭皆赪[16]。明霞作底，五色忽复杂之。下冈寻筏，月已待我半潭。乃回篙泊新亭柳下，看月浮波际，金光数十道如七夕电影[17]，柳丝垂垂拜月。无论明宵。诸君试思前番风雨乎？相与上阁，周望不去。适有灯，起荟蔚[18]中殊可爱。或曰："此渔灯也。"

注释

[1] 乌龙潭：又称黑龙潭，在今天的南京市旱西门内，也就是唐朝鲁彦公放生池。

[2] 旱西门：南京城门名，又称清凉门。

[3] 献孺：作者一位姓宋的朋友。

[4] 止生：茅元仪，字止生，浙江吴兴县人，曾任翰林待诏，好诗文。

[5] 森阁：茅元仪所建，在乌龙潭附近。

[6] 景升：潘之恒，字景升，晚年侨居金陵，有诗才。

[7] 伯敬：钟惺，字伯敬，与谭元春同为竟陵派的创始人。

[8] 华林园：南京市的园林，原为三国时东吴的宫苑。

[9] 谢公墩：原为晋代谢安的园池，在钟山附近。

[10] 灵应：即灵应观，道院名，在乌龙潭南。

[11] 冈合陂陀：高低不平的山冈，四面会合。陀，倾斜。

[12] 木杪：树梢。

[13] 清凉：指清凉山，在南京西面。此指清凉河。

[14] 檐溜：檐前的滴水。沟勺：沟中的水。

[15] 蒙翳：草木覆盖，光线暗淡。

[16] 赪：红色。

[17] 七夕电影：指作者七夕二游乌龙潭，遇大雨，电闪雷鸣。电影，雷电的光影。

[18] 荟蔚：草丛树林茂盛。

译文

我初次来到乌龙潭，从金陵的旱西门左行到城墙的阴凉处，这里芦苇长成一片片的绿洲，透过其中的缝隙可以看到乌龙潭的一侧身影。七夕晚上第二次来乌龙潭时，又看见城头柳林尽头连着竹林，竹林的尽头是芦苇，青青的芦苇一直延伸到了园林。之后五天，友人宋献孺第三次邀请我游览乌龙潭，这时茅止生在森阁还没有回来，潘景升、钟伯敬刚刚从芦洲赶来，我和林氏兄弟从华林园、谢公墩从小路南来，大家都聚会在潭上。

乌龙潭上有灵应观，于是大家一起游览。灵应观附近高低不平的山冈，从四面会合于此。树梢上的水珠滴滴答答地滴落潭中，清凉河好似一条玉带，丛草灌木在其背后生长着，与潭边人家屋檐下的流水一起流入潭中。无论冬夏，潭水都一样的深浅。离乌龙潭三丈远的地方有一座阁楼，好像是在潭中屹立，木筏在潭中划行无所不至，好像是坐在水中的轩屋似的。在乌龙潭的北面，莲叶还没有开败，正散发着阵阵的秋香，于是便命船工划着木筏先到那里去。另外还喜爱隔岸的林木，有一段朱红色的围墙点缀在翠绿的林木之中，大家便命木筏先停下。

刚刚登上岸时，草木覆盖，光线暗淡，一时竟然找不到路了，过了一会儿才找到，大家一齐登上山冈。山冈外面，荒野、田地，方形的池塘，远处是湖泊，近处是菜园。宋献孺用手指着对我说："这里真是适宜住下，若在山冈下面盖一间草庐，开辟一条上山的小路，然后在山上俯身探看那空寂飘渺的潭水，前后那无边的翠绿尽收眼底，又正值这天下太平的盛世，在这里终老一生可以说是没有遗憾了！"过了一会儿茅止生来到了跟前，宋献孺又将这些话告诉了茅止生。

这时，西天的残阳已经与东天的月亮接连上了，晚霞从西边的天边生起，红色的霞光向下垂射，水面和天空中霞光满天。刚开始时只是染红了绿洲边，过了一会儿潭的左边也被染红了，再一会儿红只是在莲叶的下面生起，随后满潭都是红色。有明亮的霞光作为底色，那五彩的光影使之更加复杂了。走下山冈前去寻找木筏，这时月光已洒满半个水潭，于是便撑着竹篙将木筏划回到新亭柳树下面，看着月光浮荡在水波上面，金色的光芒有几十道，好像是上次七夕之夜，大雨来时映在潭水上的闪电光影。柳丝簇簇垂下在微风中好似在礼拜着月亮。白天、黑夜尚且不辨，各位朋友是不是又回忆起了前番七夕之夜的风雨？大家一起登上楼阁，环顾四周，景色宜人，大家眺望不舍离去。这时正好有灯光在茂密的林草中生起，十分可爱。也可以说："这也算是渔灯吧！"

赏析

  本文记述作者与好友第三次游览乌龙潭的经历，语言叙述简洁，刻画精致，意境空灵。开始简单记述了第一、二次游览的概况，提出此次游览的因由和同游的人。随后的两段按时间顺序，具体描写了乌龙潭各处的景色。先写了山林与潭水相接的幽深境界，继而写出晚霞映照着潭水和月光下乌龙潭的奇妙景色，作者随后逐层点染，生动地再现了乌龙潭的万千姿态。作者写景善于创设一种色调，绿莲、朱垣、翠竹、红霞、明月、金光……五彩斑斓，让人不禁感受到一种强烈的视觉冲击，深陷一种形象的色调之中，从而加深对文章的印象，形成一种清晰的画面。谭元春是明代后期竟陵派的代表人物。抒写"孤行静寄""幽情单绪"是竟陵诸子的创作宗旨之一，从本文中也可领略一二。

游玄岳[1]记

谭元春

自寒河七日，抵界山[2]，山始众。是时方清明，男妇鬓生柳枝，凄然有坟墓想。至迎恩观，舁[3]人忽下肩，向井东叩首，复舁上肩去，肃肃悸人矣。过沐浴堂，夹古柏，荫黑成市，与王子[4]坐柏下。告之曰："此物岂无神乎？矧[5]今且万株。"入遇真宫，复出行于柏。穷其柏之际，仰视枝，俯盼[6]根，无一株遗者。柏穷为仙关，关厄塞。他木老秃，与细竹点两山。

又行陂陀[7]中，指元和观东路行人纭纭者："何所也？"同行僧曰："十八盘道也，返则经其处。"又行沃野，乃见玉虚桥；桥渡之，以入于宫耳。舍桥，由树隙傍至道人室；由道人室蹑板渡潨渠[8]，旁至宫。宫丽甚，制乃不可详；且非野人所好。旁至会仙楼，峻壁四周，苍翠无间，启后窗，有樵人方负薪过。出宫，柏数十层，乱于门。又旁至先所谓桥者，微闻水音不能去。返道人室，语同行僧曰："游他山，人迹不接。从本路出入，稍曲折焉，即幻[9]矣。此山有级、有锁、有桓[10]，以待天下人，如人门前路，天下人咸来此山，如省所亲。足足相蹑，目目相因，请与师更其足目，以幻吾心。"同行僧曰："此而去，有金沙坪。"

明日，从望仙楼后，由昨所谓樵径者，渐不逢人。"橡叶正秀，壑平，其阜柳家涧。初自林出，岭行屡折，橡辄随其折处。忽从万橡中下一壑，高低环青，有石可坐，涧亦送声来坐处。将至坪。左山深杳，道者结庐引胜[11]。望之，有二山鸡从涧中冲起入观中，道人方煮橡面，接众，食。随磬下，由斋堂启窗，群山墉如[12]，出。与王子坐泉中，而同行僧从左右遥呼，已先得一处为闲亭者，为烟客居者，皆可澹人情虑。去坪，回望坪中，殊秀绝然。壑渐深，树皆如其深数，高卑疏密，非聪明所能施设。过系马峰，忽一岩奇甚。连延数处，怪石与树、与草、与涧岩一心一手，彼隙则此充之。与王子复返其起处，详观焉。岩未穷，即为仁威观，有落叶数十片，背正红，点桥前小池，若朱鱼乘空。

过观十余里，桃李花与映山红盛开如春；接叶浓阴，行人渴而憩，如夏虫切切作促织[13]吟；红叶委地如秋；老槐古木，铁干虬蜷，叶不能即发，如冬深山密径，真莫定其四时。有猿缀树间，方自嬉。童仆呼于后，猿挂自若。入隐仙岩，无居人，惟异柏一株，类垂杨，袅袅然新青欲堕矣。自老姥祠而上，望天柱、南岩诸峰，岚光[14]照人，层浪自接者为一重；而其下松柏翼岭，青枝衬目，稍近而低者又为一重。两重山接魂弄色于暄霁[15]之中，万壑树交盖比围于趾步之间。目不得移，气不得吐，遂休五龙[16]方丈自姿焉。官所负山峰，峭然豪立，所谓五井二池，碌碌不可照览，一入即出。又途中经奇逾涯，闻有凌虚岩、希夷[17]诵经台、自然庵，皆胜，皆略之。是夜眠不稳。楼下有系猿，啼到晓。

早起，梯石穿冈，上竹树，俯看深壑，茫若坠烟。身在堑底，五龙忽在天际。下级，几不可止，细流时在耳边，与蒙茸[18]争路。

又行四、五里，水自北来，南响始奔，自南折东，始为青羊涧。涧上置桥，高壁成城，相围如一瓮。树色彻上下，波声为石所迫，人不得细语。桃花方自千仞落，亦作水响。听涧，自此桥始快焉。沿涧而折，过仙龟岩，如龟负苔藓而坐；泉从中喷出溅客。此而上，石多怪，向外者如捉人裾，向下者如欲自坠，突起者树如为之支扶，中断者树如为之因缘。其为杉、松、柏尤奇，在山上者，依山蹲石，根露狞狞，必千寻数抱而后已；其在深壑者，力森森以达于山，千寻数抱，才及山根；而望其顶，又亭亭然与高树同为一盖，此殆不可晓。觉山壑升降中，数千万条皆用厝置[19]条理，参天拔地，因高就缺，若随人意想现者。始犹色然[20]骇，中而默息，久之告劳焉，如江客之厌月矣。然每至将有结构处，尤警人思。

自仙龟岩过百花泉，东至滴山岩，观其水所滴如刻漏[21]。是时，南岩宫殿已迎瞻瞩。犹寻径左行，右见五龙，已如舟中望岸上；送者久立未去，而五龙前所见，众山纷纷委于壑，松柏各随其山，下伏安然与荇藻[22]不异。自顾身所经处，怪石奇植，非无故者。度天一桥，山蕊自吐，道人室层加其上，峻坂危栈[23]，相为奔秀。及登小天门，有岩石垂垂冒人，但所谓巨人迹者，贸贸不可踵趾。王子亦曰："岩间纹多类此者。欲入殿观诸岩之奇，而两日间木石多变，心目贤劳[24]，若更以众奇岩惑之，纵观费目，分观费心，参差观心目俱费；费必将有所遗，曷寓道人室，明晨澹然一往矣！"

日未午，道人不可久对。与同行僧谋："此半日亦无坐理，当以了虎耳岩。"同行僧曰："若上太子岩，取道之虎耳，则并可了紫霄。"乃往紫霄。其宫背展旗峰，卷云切铁，有起止之势，使人眩栗。已入宫，问禹迹池及福地所在，则已过。复出宫观池，绕池登福地。崟顶[25]以下诸峰，赤日直射，有光无色。由宫上太子岩，磴道迢迢，疲乃造极。顶别为一重，不可见以下诸峰，岚息烟灭，暄多而凄少。由岩历山上行，临睨紫霄，指隔岭朱垣问同行僧，云为威烈观。行穿后山，下趋虎耳。此路无林木，见一松，追而憩之。虎耳僧适来松下，会，因同进。近岩有竹数竿，水一泓，与王子坚坐。比入岩，嵌空成屋，故榻尚在。僧导至顶上，凡老僧、花木、亭榭殆尽，惟藕塘水与泥相守。仆有善取藕者，跣而下，两足踏藕之所在，如梭往返，而手出之。山僧以为乐，送余从岭间还，不由向路。忽循展旗峰后，过其隙中。峰方削而突古，竟离为一处，非先所见皂纛[26]相连者矣。稍进，复会于五龙来路之杉松下，较始见觉亲，盖虎耳心目闲于无林故也。

　　晨起往观岩。岩在殿后，大石百余丈，诡秘峭刻，有骨有肤，有色有态，有力有巧，高者上跃，輘以下至不可测，使鬼为之劳矣。内察岩之高下思理[27]，外察顶之起伏神情，不觉遂穷，亭际凭栏坐楯，远望人客，佛号沸然。

　　是日，天风吹木，作瀑布声，常以之自愚为岩中补遗。已而，详所过几处，亭阁蜿蜿，天与人规制若相吞。西去为元君殿，数十折至舍身崖，大木队而从。由级以登，为飞升台，台孤高，亭其上；天柱峰耸然在五步内，不望而见矣！台旁有一树，下穿壑，上出亭，挟千丈万株之气，而叶未能即发，作枯木状。台上石后老松，有一株散作数枝，衔石而披，大风摇之，宜可折，偏以助此台灵奇。台旁又有灵台，灵台下有巢穴者，能休粮[28]，呼之，久不应，慨然舍去。行晒谷岭，经黑虎岩下。精魂方为诸岩所夺，至此都不经意。

　　过斜桥，问斜桥人，上顶有三径。一为磴道，人所由三天门是也；

一为官道,由欢喜坡往;一为樵人道,由铜殿垭入。予樵人,当由垭入[29]。同行僧别去,上三天门。独与王子次万丈峰,向背香炉诸峰,行枳棘中,数息数上下。道人家汲水者,负土筑者,稍稍遇于路。乃至垭,石岩高危,岭横如界,同行僧先至,迎我太和[30],一见而笑:"由礓道者近耶?"小憩道人室,室七层,有鸦数十头,方向板屋上飞。

喘而登天柱绝顶,礼真武殿上,观其范金之工[31],四顾平台,万山无气。近而五老、垆烛[32],远则南岩、五龙,在山下时了了能指其峰,今已迷失所在,唯知虚空入掌、河汉[33]西流而已。出,返铜殿,是元大德[34]年物。坐观天柱峰,草木童稀[35],石骨寒瘠。壑而上,石稍开,因筑城衔开处;城而上,石复结,稍敧之以护顶;至于顶,乃平焉。高削安隐,天人俱绝。因想山初生时,与人初上此峰时,皆荒荒不可致思。

私语王子曰:"水犹不满人意,如此大名山,苟有千瀑万泉,流之,使动,树杪、石罅受响不得宁,吾何思庐霍哉?"同行僧曰:"此而下,蜡烛诸涧,纯是水矣,且可了琼台。"但察僧意,以失三天门为恨,然予以避三天门,益力从琼台往,非避其险,避其杂也。他日谈山中事,独不知三天门何在,亦奇矣。乃复自垭出,枳棘随人衣裾,渐觉又有山石傲岸,与他石离而立于前者无数,皆默领其要。王子恐予未见,辄从后呼语之。

至上琼台,琼台峰落落有天地间意。去投宿中观,桃花开我立处,松枯于门外,有数鸟拍拍飞而东。入登其楼,蜡烛两峰,正当窗,不知其名,而围者同照眼。是时,天欲暮,白云起壑中,然气甚暖,力不能上山,闲步静室,有道人瞻观视不凡。与之语,导以山下僻处,松石依依可坐,而即促予起曰:"钟时虎过此,因明日行涧上,夜梦即焉。"

逾一冈，为下琼台，两烛峰已向后数里。始入涧，山束为峡，水穿其腹，右伏者为底，竖者为塚，大者为激，最大者为分湍。石少者为衍，多者为鳖，石不胜水者，狭为沟，宽为塘。水石并胜则狭声急，宽声远。长石为桥，方石为水中台，圆石为座，植木之朽而倒于水中央者，亦赖之为桥。水趋左，而傍右岭行；水忽趋右，人从右穿左。水分为二道，则人踏水声，相石之可过者托履焉。心在水声者常失足；视在水声者常失听；心、视、听俱在水声者常失山。恐其失也，常坐石两崖望，王子常越数石坐水中大石，予望其自石过石也，若蹈空。亦常徙数处，而两崖山断复合、开复收、削复平者；树层层翠水光中，妙高夹立，画鸡惊飞。

自山半亦思返。日非断崖不得露涧，二十余里皆阴阴，而山香四发，不辨其自何来。唯左山一隙有行人，由山路出。同行僧曰："此自威烈观来，前紫霄山后所望丹垣者也。"

至此，一岭横于前，以为不复峡，而趋过之，又峡焉。涧声直汨汨，喧至玉虚岩下，九渡涧旁出与之合，岩两收其响，以为幽，遂欲为诸岩冠。涧中观岩，岩上望涧，上岩水声若在空中，下岩水声若在木末[36]；而其间结构，天为之屋，人为之栈，无此一段，是山犹不可竟也。遂自此竟之，以为武当山记。其下十八盘，与其出路不足论。

注释

[1] 玄岳：即武当山，又称紫霄山、太和山。因道教所敬奉的真武

帝被尊封为北方玄帝，所以道教圣地的武当山被称为玄岳。

[2] 寒河：作者谭元春家乡竟陵（今湖北省潜江市）的一条河。界山：在均州（今湖北丹江口市均县镇）境内。

[3] 舁（yú）人：抬工。

[4] 王子：指王明甫，谭元春的朋友。下文所提到的"同行僧"，指僧人凡公。

[5] 矧（shěn）：况且。

[6] 盺（xī）：视，看。

[7] 陂陀（pō tuó）：不平貌。

[8] 涧渠：浑浊的渠水。

[9] 幻：迷路。

[10] 絚（gēng）：粗大的绳索。

[11] 引脰（dòu）：本义指脖、颈。此处指草庐地处山坳，远望仅露出顶部。

[12] 墉如：指群山如高墙。

[13] 促织：蟋蟀。

[14] 岚光：阳光穿过雾气而折射的光彩。

[15] 暄霁：日光与水气。

[16] 五龙：道观名，五龙宫。

[17] 希夷：陈抟，字图南，自号扶摇子，亳州真源（河南鹿邑县）人，生于唐末，举进士不第，入武当山九室岩隐居，后移华山。宋太宗赐号"希夷先生"。后被人称为"陈抟老祖"。

[18] 蒙茸：葱茏丛生的小草。

[19] 厝置：安置。

[20] 始犹色然：开始，还惊异或欣喜于色。

[21] 刻漏：古代计时工具器。

[22] 荇藻：荇菜，水生植物。

[23] 坂：斜坡。栈：栈道。

[24] 贤劳：劳累。

[25] 嵾顶：武当山又称嵾山，故嵾顶指武当山绝顶。又称金顶。

[26] 皂纛（dào）：皂，黑色；纛，古代军中的大旗。

[27] 思理：石头纹脉。

[28] 休粻（zhāng）：休息进食。

[29] 垭（yà）：两山之间狭窄之处。

[30] 太和：武当山又名太和山，此指武当顶。

[31] 范金之工：贴金，镀金的工艺。

[32] 五老、垆烛：山峰之名。

[33] 河汉：黄河与汉水的合称，此指大河。

[34] 大德：元成宗年号，大德十一年为1307年。

[35] 童：山无草木为"童"。

[36] 木末：树根，树梢。

译文

从寒河七天到达界山，山开始多起来。这时刚到清明，男的女的鬓角上都插着柳枝，脸上是一副凄凉悲戚的神情，让人想到坟墓中死去的亲人。到了迎恩观，轿夫忽然放下轿子，向井的东面磕起头来,随后又将轿子抬到肩上离开,那肃然的举止让人感觉惊悸。过沐浴堂,路两旁古柏夹路,树荫接连,黑压压的好像人群密集的集市。我和王明甫坐在柏树下,告诉他说:"这树难道不神奇吗?况且如今已经有万株。"进入遇真宫,又行走在柏树之间。走到这段柏林的尽头,仰视头上的树枝,俯身看脚下的树根,没有遗漏一棵树。柏树林的尽头是仙关,关隘扼守要塞。其他的老树枝干已经秃光,与细竹点缀两旁山峦。

又行走在崎岖不平的道上,我用手指着问元和观东边道路上问:"那些匆匆而行的行人脚下是什么地方。"同行僧人说:"那是十八盘道,返回的时候会经过那条道。"随后又行走在肥沃的田野之中,前面看到了玉虚桥,渡过桥之后,便可以进入玉虚宫了。我弃了桥,从树隙旁的小道进到道人的屋内,又从道人的屋内踩着木板,越过水渠来到旁边的玉虚宫。此宫非常宏丽,然而规制却不大清楚,另外研究这些也并非像是我这样的山野之人的喜好。来到旁边的会仙楼,高峻的峭壁环绕四周,苍翠的林木茂密无间。打开后窗,见到有樵夫担柴刚刚经过。走出玉虚宫,有数十行柏树散乱地植于门旁。又来到旁边刚刚所见的玉虚桥旁,听到桥下细微的流水声而不愿离去。从原道返回进到道人的屋内,对同行的僧人说:"游览别的大山经常是人迹罕见,从一条路进入,稍有几个曲折,就迷路了。武当山有石级、铁索和粗大的绳索相连,像等待着天下人的来访,就好似进入自家门前的道路,天下的人都来到此山,如同探家省亲一般,人太多以至于脚跟相踩,眼目相接。请你们改变上山路线,这样也可以转变眼睛所看到的景象。"同行僧人说:"从这里过去,就是金沙坪了。"

第二天，从望仙楼后上路，走在昨天樵夫走过的路上，行人渐渐地开始稀少了。橡树叶此时长得正茂盛，沟壑趋平，柳家涧便坐落在前面的高丘之上。刚刚从丛林中出来，山岭曲折，橡树也总是随着曲折处生长。忽然万棵橡树中现出一条沟壑，上下全都长着青翠的林木，有石头可坐，那涧底不断地传来流水声。快到金沙坪时，左面的大山幽深飘渺，在山坳的转弯处，有一座仅露出顶子的草庐，有道士在那里修道。远远望去，有两只山鸡从涧中冲出飞入道观中。道人煮了橡树面招待众人吃饭。随着一声清脆的声响，推开斋堂的窗户望去，远处群山如同高墙，壁立在窗外。从斋堂出来后和王明甫坐在泉旁，同行的僧人在左右呼喊，说是已经找到一处闲置的亭子，是传道者的居处，坐在那儿可以增加不少闲情雅趣。离开金沙坪，再回看坪中，更觉得清秀优美。然而沟壑渐渐变得幽深，树木都随着沟谷的深浅高低生长着，不是能工巧匠所能修造布置的。过了系马峰，有一处岩石非常奇特，连绵蜿蜒多处，怪石与周围的树、草、涧、岩浑然一体，之间各处空隙彼此相互补充。我和王明甫又回到原处详细察看。山岩还没到尽头，便是仁威观，地上有几十片落叶，背面红艳，落在桥前的水池里，好像红鱼在水中游乐。

过仁威观十几里，桃李花和映山红正在盛开，给人以春意昂然的感觉；桃、李树的枝叶茂密，遮天蔽日，行人走得饥渴了，便停下稍事休息，夏虫有如蟋蟀一般切切地低吟，红叶落得满地皆是，好像秋天到了；路旁的老槐古木，好似黑铁一般的枝干蜷曲着，叶子不再长出，如冬天来临。深山中隐秘的小道，难以确定四季。有猿猴正吊在树枝间嬉闹，童仆在后面吆喝，但猿猴仍旧挂在树上玩耍自如。到了隐仙岩，没有人居住，只有一棵奇异的柏树，如同垂柳袅袅地拂动着，仿佛新生出的绿叶要跌坠下来。从老姥祠向上攀登，可以看到天柱峰、南岩等其他山峰，阳光从云雾中透射过来照在人身上，山间的雾气好似波浪，一层层地相连接，这是一重风光；下面松柏长在山岭的两侧，青枝映衬，稍稍靠近，那低矮的林木又是一重风光。这两重山景浑然相接在日光与云雾之中，山谷中万树葱郁交错，遮天盖地都在寸步之间。目光不得流转，吐气都不痛快，于是便在五龙宫的方丈室内稍作休息，自我放松了一下。五龙宫背面山峰，陡峭耸立。所说的五井二池，因为忙碌无法一一游览，刚进去就出来了。一路上又经历了奇异景色，翻越了山崖。听说还有凌虚岩、陈希夷诵经台、自然庵的景色也格外别致，都没有去。这一晚上睡得不安稳，楼下系着一只猿猴，一直啼叫到早晨。

　　清晨起来，从石阶一直向上，穿行山岗时上面的竹树太多几乎无法登临。向下看那深渊，茫茫如下坠的烟尘。我们置身于山谷的底部，仿佛看到五龙宫在天上一般。细流声时在耳边回响，与葱茏丛生的小草争抢着道路。又走了四五里，俯身探看深谷，茫茫如掉入云烟。身在涧底，五龙宫好像在天际之上。走下石级，水流从北向南流来，响声更加激越，又由南向东折去，就是青羊涧；青羊涧上修了一座小桥，四面的山壁好似城墙，相互围拢在一起有如瓮城。翠绿的树色上下辉映，水流撞击在顽石上波声震荡，人们小声说话都听不到。桃花从千仞之上坠落下来，也好像是水声：听涧中的水声，知道从这座桥开始水流速度便加快了。沿着山涧弯转，经过仙龟岩，岩上布满苔藓，就像是一只乌龟背上驮着苔藓席地而坐；泉水从里面喷出来溅在游客身上。从这里往上走，岩石多奇形怪状，向外突出的，就像要拉住行人的衣服；向下倾斜的，好像摇摇欲坠；突起的树木好像在旁边为它支扶；从中间断裂的，树木在上面盘绕牵连。其中杉树、松树、柏树尤其奇特。在山上的，依山坐石，树根盘结裸露，好像有些狰狞，几乎有千寻之高，数人合抱之粗；那些长在深谷的，挺拔矗立，直到山上，似有千寻数抱，才到山脚。而仰望山顶，亭亭而立和高高的林木同在一片荫盖之下。而高峻却不知晓，感觉山壑在升降之中，千条万条，都安排得有条有理，参天拔地，高低互补，如同随着人的意愿显现一般。刚开始的时候尚且惊异，惊骇之后便默然休息；时间长了也不免疲劳，就像江客时间长了也会讨厌江月一样。但每到山、林、涧布局巧夺天工之处，尤其给人以深刻的思考。

从仙龟岩经过百花泉，向东一直到滴水岩，看滴水岩的滴水好像是计时的刻漏。这时，南岩修造的宫殿，已经就在眼前。犹自寻找着道路一直向左前行，看到五龙宫就在右边，好像在船上眺望岸边，送行的人久久站着还没有离去！而在五龙宫前见到的群山，纷纷俯身于山壑之中，松柏也随着山势下伏，安详自然地与荇藻一般无异。回头看看自己所经过的地方，怪异的山石林立，不是没有道理的。过天一桥，山花吐蕊，道人的房舍一层层建在山上，险峻的斜坡，险要的栈道在旁边相与竞秀。等到登上小天门，有岩石垂下，阻碍行人；人们所说的巨人足迹，模模糊糊，不同于人的足迹。王明甫也说："岩石间像这样的纹理，很多都和这个类似。想要进入殿中，看看这些岩石的奇特之处，可是这两天岩石林木变化多样，心神都很疲劳，如果再受这些奇岩的诱惑，大致观看耗费眼力，分头细看又耗费心神，交差着观看更是心神眼力俱损，耗费精神，就一定有所遗漏，不如暂时住在道人室内，明天早晨淡然前往一游呢。"

还没到中午，道人不能长久相陪。我与同行的僧人谋划："这半天没有一直坐在这里的道理，应再去看看虎耳岩。"僧人说："如果要上太子岩，从虎耳岩经过，则连同紫霄宫也一同游玩了。"于是便起身前往紫霄宫。宫后面背对着展旗峰，这里云雾翻卷，包裹青峰，有云生云灭之势，让人感到眩晕、惊栗！进入宫内，询问禹迹池和福地在什么地方，原来已经过来了。又出宫去看禹迹池。绕着池子登上福地，山顶以下的诸峰在阳光的直射下，有光无色。从宫后上到太子岩，石阶遥遥无尽，直到十分疲劳了才登上顶点。山顶是另外一重山，看不见下面的诸峰，烟雾全都灭了，暖气多而寒气少。从太子岩往山上走，斜对着紫霄峰，指着隔岭的红墙，问同行僧人，僧人说："那里是威烈观。"穿过后山，向下便是虎耳岩。这一路之上没有林木，见到一株松树便赶快跑过去休息。这时虎耳岩的僧人恰好也来松下相会，于是便一同前行。靠近虎耳岩的地方有几丛竹子，一泓清水，与王明甫一同坐下。等到进入虎耳岩，原来是山岩嵌空而成一屋，过去的床榻还在。僧人引导我们上到岩顶，凡是当年老僧植种的花木、修造的亭榭都已经消失殆尽，只剩下藕塘的水和泥还守候在那里。仆人中有善取藕的，光着脚下去，用两只脚踩在藕上，像穿梭一般往来，出手时便会扔出一块藕来。山僧以此为乐，送我们从岭间返回，不是先前走的旧路，而是顺着展旗峰后面，穿过其间隙。山峰陡削而突兀，并且分离成一处，不是先前所见到，排列如黑色旗帜的那片山峰。走了不远，又到了来时经过五龙宫路旁的那棵杉松下，感觉比开始见时更加亲切，至于游览虎耳岩，心神眼睛都比较放松，在于没有林木的缘故。

早起前往观岩，岩石在殿后，大石有百余丈大小，诡异神秘、峭然陡立，感觉有肤有骨，有色有态，有力有巧。身体高的人跳到上面，壑谷下面深不可测，即使鬼神来了也是徒劳。向里察看岩石上下的纹理，向外察看岩顶起伏的山势，不觉走到岩石尽头的小亭旁，坐在亭边依靠栏杆远望游人，众人念佛的佛号声沸沸洒洒地传来。

这一天大风吹动树木，发出瀑布一样的声音，我自以为，这似乎正可以弥补岩石中景色的缺憾。随即，细致地游览了经过的几个地方，亭阁蜿蜒，上天与人工的规划创造相渗透。向西去是元君殿，转过几十道弯后就到了舍身崖，大树如列队一般依次排列。从石级向上攀登，是飞升台。台子茕茕而立，高耸入云，一座亭子坐落在上面。天柱峰就矗立在五步之内，不用眺望就映入眼帘！台旁有一株树，下临无底的深壑，上面是高出的亭子，这株树携带着千山万株的灵气，而树叶没能长出，形似一根枯木。台上石头后面有老松树，其中一株繁衍出数枝，根部紧紧包住大石，枝叶四处披散着。大风吹摇，似乎马上就要折断了，如此景色偏偏又凭此助长了此台的灵奇。台旁又有一灵台，下面有一口洞穴，有人在此辟谷修炼，呼喊了半天也没有人回应，只好感慨一番离去。走过晒谷岭，经过黑虎岩再向下而行，由于精神心魄刚刚被那些奇特的岩石所吸引，所以过此也就不经心留意了。

过了斜桥，问桥上的人，告知上金顶的路一共有三条。一条为石阶道，经过三天门就到了；一条为官道，从欢喜坡往上走；一条为樵夫走的道，从铜殿垭口进入。我就是个"樵人"，自当由垭口进去。同行的僧人告别而去，上到三天门。只有我和王明甫依次游览了万丈峰，以及山背后的香炉峰等诸峰，穿行在荆棘之中，几次停下来休息，几次登上爬下。为道人担水的，背土筑路的，在路上偶尔会遇到。到了垭口，这里的岩石险峻高耸，山岭横出如同界线。同行的僧人已经先到了，把我们迎到太和宫，大家相见不免相视一笑，从磴道走还是近些。在道人屋内稍稍休息，道人的屋有七层，还有几十只乌鸦都在板屋上飞来飞去。

大家喘息着登上天柱峰金顶，礼拜真武殿，向上观看满是贴金的金殿，在院内的平台上环视四周，万山没有了生气，近处的五老峰、庐烛峰，远方的南岩、五龙宫。在山下时还能清楚地一一指看这些山峰，现在已模糊得不知所在了。只知道虚空好似握在掌中，大河向西流去而已。出来返回铜殿，这里是元代大德年间建造的。坐下来观看天柱峰，草木稀疏，山石嶙峋一片寒凉荒瘠。沿着深谷向上，山石间稍稍开阔，这里因为修筑城墙所以与山石衔接在一起，顺着城墙往上走，山石又相互连接起来，稍稍倾斜，以护卫金顶。到了金顶之上一切又变得平缓起来。给人高峻平稳的感觉，真是天人合一、绝妙契合。因而想象着武当山最初形成的时候，以及众人最初登上此峰的时候，都是那种一片荒芜，不可想象的样子。

我私下对王明甫说："水尚且不能过满，人的欲望又总不能满足，如此大的名山尚且有千瀑万泉奔流，使树梢、石隙震动，不得安宁，我怎么会想着到庐山、霍山隐居呢？"同行的僧人说："从此下去就是庐烛峰众多的山涧，全都是流水，顺便还可以看看琼台。"我体会着僧人的想法，但大家都觉得以未曾游览三天门为遗憾，然而我还是极力主张避开三天门。从琼台前去，这样可以避开诸多的险途，也是可以避开其他庞杂的景色。以后谈起游历武当山趣事，唯独不知道三天门在哪里，这也是一件奇事。于是又从垭口中出来，一路枳木与棘木不停地缠着衣服，渐渐地又觉得眼前的山石傲立两岸，而与别的山石分离后立在人面前的又不知有多少,于是全都默记在心中。王明甫唯恐我没有看到,就在后面大声地呼喊着。

上了琼台,琼台四周的山峰孤然高耸着,仿佛顶天立地。随后大家投宿到了中观,这时桃花在我站立的地方盛开着,松树在门口已经枯死,有几只飞鸟拍打着翅膀向东飞去。我信步登上楼阁,垆烛两座山峰正对着窗户,其他不知名的山峰也一并映入眼帘。这时,天将要黑了,白云从壑谷中升起,然而天气还是很暖和。我没有力气再登山了,于是便在静室内闲步,见到有个道人气宇不凡,同他说了几句话,他就引导我走到山下僻静的地方,那里的松树、山石可以坐下休息。不一会儿他又催促我起来,说:"钟响时会有老虎从这里经过。因第二天还要行走在涧中,晚上有可能会梦到这里。"

第二天翻过了一座山冈,那里是下琼台,垆烛峰的两座山峰已离此有几里地了。进入山涧,两山收缩围拢起来,形成峡谷,水从中穿过。右面伏俯就是河底,高起的是河堤;大的石头激起了水花,最大的石头使水流变得迅猛而有漩流;石头稀少的地方水流就宽广,石头多的地方则在水中形成石墙;石少水多之处,狭小的地方便形成水沟,宽大的地方则形成水塘。水多石多的地方,则因狭窄而水声变得急促,宽阔的地方水的声音悠远。长形的石头形成桥梁,方形的石头成为石台,圆形的石头成为石座;有时有腐朽的树木倒在水中,也可以依赖其成为桥梁。水流顺着左边流淌,人便靠着右边的山岭行走;水忽然转向右流,人便又从右面穿向左边;水分为两道,那么人踏着水声,相看脚底下可以垫脚的石头踩上脚去;心想着水声的人,常常会失足;眼睛只注意水声的,常常忘了听觉;心、眼、听都投注在水声上的，常常会忘了欣赏山色。我唯恐漏看了这些美景，于是便坐在两崖间的石头上欣赏四下美景。王明甫则经常越过几块大石头，坐在水中的大石上。我看他从一块石头跳到另一块石头上，好像随时要踏空似的。我也不时转换地方，两边山崖断了又重合，敞开了又收缩在一起，削尖了又趋于平缓。树木层层叠叠，翠绿的颜色倒映在水光中，妙高峰夹立在中间，画鸡惊恐地四下飞腾。

走到半山腰时，想着半路折返。前面山崖不是断崖，太阳照射不过来，从山涧中行走了二十余里，都在阴影里，虽处阴影中但香气四散，也分不清这香气是从什么地方来的。唯有左山有一间隙，当中有行人从里面的路中走出，同行的僧人说："这是从威烈观来的，之前我们在紫霄山后所看到的有红墙的地方。"

到了这里，前面有一座山岭横亘在眼前，我们以为不会再有山峡了，于是便从山前走过，可是过去又有一座山峡，涧中的水声汩汩，一直流到玉虚岩下，在九渡涧旁边流出，与前面的河汇合，此岩汇集了两条河流却更显得幽静，于是便想成为诸岩之冠。从山涧中观看岩石，在岩石上观望山涧，上面岩石的水声，好似在空中；下面岩石的水声，有如在树梢。而其中的布置，以天为屋，以人为栈道。没有这一段，此山仍显得不完美。就此落笔，以作为武当游记。下面的十八盘，以及下山的道路，不再一一赘述。

赏析

作为竟陵派的领军人物，谭元春的游记在散文上的成就主要是篇幅短小的小品文。像《游玄岳记》洋洋洒洒四千余言的篇幅在整个游记史上不多。对于当时那个时代，从传统文人的审美取向上论述的话篇幅冗长，不免会过于琐碎，给人繁复杂乱、印象模糊之感。所以当时的小品文，大多精心布局、结构精巧，潜心在遣词、造句、字法、句法、章法等上面用心，这无疑也与身处晚明日趋衰微的时代大环境中有关，而谭元春也不可能写出像徐弘祖那样气势浑厚，场面宏大，游踪细腻的游记来，对于道教圣地武当风景，素来以雄浑为胜。

自古武当游客，必游之处多为三清殿、金殿、紫霄宫以及武当最高峰天柱峰等，可谭元春笔下的记叙却迥然不同。他似乎无意于那些富丽堂皇的宫殿，像三清殿便避而不游，或如金殿、紫霄宫虽游却顾左右而言他。他认为"宫丽甚，制乃不可详，且非野人所好"。他向往的是另外一种境界："明日，从望仙楼后，由昨所谓樵径者，渐不逢人，橡叶正秀，墅平，其阜柳家涧。初自林出，岭行屡折，橡辄随其折处，忽从万橡中下一壑，高低环青，有石可坐，涧亦送声来坐处。将至坪，左山深杳，道者结庐。才引胆望之，有二山鸡从涧中冲起。入观中，道人方煮橡面，接众，食随磬下。由斋堂启窗，群山墉如出。与王子坐泉中，而同行僧从左右遥呼，已先得一处为闲亭者，为烟客居者，皆可澹人情虑。去坪，回望坪中，殊秀绝然。壑渐深，树皆如其深数，高卑疏密，非聪明所能施设……"作者取道樵径，"渐不逢人"。这时"橡叶正秀"，橡林绵延曲折。四围山色中，有幽深的涧壑，在苍凉钟磬声中，修道者结庐而居。虽然有山鸡冲起，僧人遥呼，但是这不但没有给人以热闹嘈杂之感，反而衬托出此中清幽静笃之感。"樵径"本来就很偏僻，以山鸡、僧人来彰显其"静"。沟壑深涧本来就深邃,再以橡林、古木来显示它的"幽"。这无疑是作者性灵之中的审美趋向所致,无论是文章的厚薄、篇幅的大小,这都不影响作者性灵的自然流露。

游雁宕山[1]日记

徐弘祖

作者简介

徐弘祖（1586—1641），即徐霞客，名弘祖，字振之，号霞客。南直隶江阴（今属江苏）人。明代散文家、地理学家。徐霞客出身官僚家庭，幼年好学，博览史籍及图经地志。应试不第后，感慨于明末政治黑暗，党争剧烈，遂断功名之念，以问奇于名山大川为志，自二十二岁起出游。三十余年间，东涉闽海，西登华山，北及燕晋，南抵云贵两广，游历了今日的江苏、浙江、山东、河北、山西、陕西、河南、安徽、江西、福建、广东、广西、湖南、湖北、贵州、云南等地。徐弘祖经三十年考察撰写成了260多万字（遗失达200多万字，只剩下60多万字）的游记作品。

《徐霞客游记》开辟了我国地理学上系统观察自然、描述自然的新方向：既是系统考察我国地貌地质的地理名著，又是描绘华夏风景资源的旅游巨篇，还是文字优美的文学佳作。《徐霞客游记》被后人誉为"世间真文字、大文字、奇文字"，在国内外具有深远的影响。

自初九日[2]别台山，初十日抵黄岩[3]。日已西，出南门三十里，宿于八岙[4]。

十一日 二十里，登盘山岭[5]。望雁山诸峰，芙蓉插天，片片扑人眉宇。又二十里，饭大荆驿。南涉一溪，见西峰上缀圆石，奴辈指为两头陀[6]，余疑即老僧岩[7]，但不甚肖。五里，过章家楼[8]，始见老僧真面目：袈衣秃顶，宛然兀立，高可百尺。侧又一小童，伛偻于后，向为老僧所掩耳。自章楼二里，山半得石梁洞[9]。洞门东向，门口一梁，自顶斜插于地，如飞虹下垂。由梁侧隙中层级而上，高敞空豁。坐顷之，下山。由右麓逾谢公岭[10]，渡一涧，循涧西行，即灵峰道[11]也。一转山腋，两壁峭立亘天[12]，危峰乱叠，如削如攒，如骈[13]笋，如挺芝，如笔之卓，如幞之欹[14]。洞有口如卷幕者，潭有碧如澄靛者。双鸾、五老[15]，接翼联肩。如此里许，抵灵峰寺[16]。循寺侧登灵峰洞[17]。峰中空，特立寺后，侧有隙可入。由隙历磴数十级，直至窝顶，则窅然[18]平台圆敞，中有罗汉诸像。坐玩至暝色，返寺。

十二日 饭后，从灵峰右趾觅碧霄洞[19]。返旧路，抵谢公岭下。南过响岩[20]，五里，至净名寺[21]路口。入觅水帘谷[22]，乃两崖相夹，水从崖顶飘下也。出谷五里，至灵岩寺[23]。绝壁四合，摩天劈地，曲折而入，如另辟一寰界。寺居其中，南向，背为屏霞嶂[24]。嶂顶齐而色紫，高数百丈，阔亦称之。嶂之最南，左为展旗峰[25]，右为天柱峰[26]。嶂之右胁介于天柱者，先为龙鼻水[27]。龙鼻之穴[28]从石罅直上，似灵峰洞而小。穴内石色俱黄紫，独罅口石纹一缕，青绀润泽，颇有鳞爪之状。自顶贯入洞底，垂下一端如鼻，鼻端孔可容指，水自内滴下注石盆。此嶂右第一奇也。西南为独秀峰[29]，小于天柱，而高锐不相下。独秀之下为卓笔峰[30]，高半独秀，锐亦如之两峰。南坳轰然下泻者，小龙湫[31]也。隔龙湫与独秀相对者，玉女峰[32]也。顶有春花，宛然插髻。自此过双鸾，即极于天柱。双鸾止两峰并起，峰际有"僧拜石"[33]，袈裟伛偻，肖矣。由嶂之左胁，介于展旗者，先为安禅谷[34]，谷即屏霞之下岩。东南为石屏风，形如屏霞，高阔各得其半，正插屏霞尽处。屏风顶有"蟾蜍石[35]"，与嶂侧"玉龟"相向。屏风南去，展旗侧褶中，有径直上，磴级尽处，石阈限之。俯阈而窥，下临无地[36]，上嵌崆峒[37]。外有二圆穴，侧有一长穴，光自穴中射入，别有一境，是为天聪洞[38]，则嶂左第一奇也。锐峰叠嶂，左右环向，奇巧百出，真天下奇观！而小龙湫下流，经天柱、展旗，桥跨其上，山门[39]临之。桥外含珠岩在天柱之麓，顶珠峰在展旗之上。此又灵岩之外观也。

十三日　出山门，循麓而右，一路崖壁参差，流霞映彩。高而展者，为板嶂岩[40]。岩下危立而尖夹者，为小剪刀峰[41]。更前，重岩之上，一峰亭亭插天，为观音岩[42]。岩侧则马鞍岭[43]横亘于前。鸟道[44]盘折，逾坳右转，溪流汤汤，涧底石平如砥。沿涧深入，约去灵岩十余里，过常云峰[45]，则大剪刀峰[46]介立涧旁。剪刀之北，重岩陡起，是名连云峰[47]。从此环绕回合，岩穷矣。龙湫[48]之瀑，轰然下捣潭中，岩势开张峭削，水无所着，腾空飘荡，顿令心目眩怖。潭上有堂，相传为诺讵那[49]观泉之所，堂后层级直上，有亭翼然。面瀑踞坐久之，下饭庵中。雨廉纤[50]不止，然余已神飞雁湖山[51]顶。遂冒雨至常云峰，由峰半道松洞[52]外，攀绝磴三里，趋白云庵[53]。人空庵圮，一道人在草莽中，见客至，望望去。再入一里，有云静庵，乃投宿焉。道人清隐，卧床数十年，尚能与客谈笑。余见四山云雨凄凄，不能不为明晨忧也。

十四日 天忽晴朗，乃强清隐徒为导。清隐谓湖中草满，已成芜田，徒复有他行，但可送至峰顶。余意至顶，湖可坐得，于是人捉一杖，跻攀深草中，一步一喘，数里，始历高巅。四望白云，迷漫一色，平铺峰下。诸峰朵朵，仅露一顶，日光映之，如冰壶瑶界，不辨海陆。然海中玉环[54]一抹，若可俯而拾也。北瞰山坳壁立，内石笋森森，参差不一，三面翠崖环绕，更胜灵岩。但谷幽境绝，惟闻水声潺潺，莫辨何地。望四面峰峦累累，下伏如丘垤[55]，惟东峰[56]昂然独上，最东之常云，犹堪比肩。

导者告退，指湖在西腋一峰，尚须越三尖。余从之，及越一尖，路已绝；再越一尖，而所登顶已在天半。自念《志》云："宕[57]在山顶，龙湫之水，即自宕来。"今山势渐下，而上湫[58]之涧，却自东高峰发脉[59]，去此已隔二谷。遂返辙而东，望东峰之高者趋之，莲舟[60]疲不能从。由旧路下，余与二奴东越二岭，人迹绝矣。已而山愈高，脊愈狭，两边夹立，如行刀背。又石片棱棱怒起，每过一脊，即一峭峰，皆从刀剑隙中攀援而上。如是者三，但见境不容足，安能容湖？既而高峰尽处，一石如劈，向惧石锋撩人，至是且无锋置足矣！踌躇崖上，不敢复向故道。俯瞰南面石壁下有一级，遂脱奴足布[61]四条，悬崖垂空，先下一奴，余次从之，意可得攀援之路。及下，仅容足，无余地。望岩下斗[62]深百丈，欲谋复上，而上岩亦嵌空三丈余，不能飞陟。持布上试，布为突石所勒，忽中断。复续悬之，竭力腾挽，得复登上岩。出险，还云静庵，日已渐西。主仆衣履俱敝，寻湖之兴衰矣。遂别而下，复至龙湫，则积雨之后，怒涛倾注，变幻极势，轰雷喷雪，大倍于昨。坐至瞑始出，南行四里，宿能仁寺。

十五日 寺后觅方竹数握，细如枝；林中新条，大可径寸，柔不中[63]杖，老柯斩伐殆尽矣！遂从岐度四十九盘，一路遵海而南，逾窑岙岭，往乐清[64]。

注释

[1] 雁宕（dàng）山：今称雁荡山。在今浙江乐清东北，因该山顶有湖荡，据说宽广十余里，秋天大雁南归时多宿于此，故称"雁荡"。

[2] 初九日：指万历四十一年（1613）四月初九。作者在此之前不久的三月底，曾游天台山。台山：即天台山。

[3] 黄岩：浙江台州市黄岩区。

[4] 八岙（ào）：黄岩区南地名。

[5] 盘山岭：在浙江省乐清市内。

[6] 头陀：此指形象头陀僧的山岩。

[7] 老僧岩：又名石佛峰，在雁门东外谷，因形似老僧故而得名。

[8] 章家楼：在大荆驿南，为明人章巘建所建，所以又称章义楼。

[9] 石梁洞：一名东石梁，在东外谷谢公岭东约二里，据说因洞口有一突出的危石虚悬洞前，长数十丈，横架如梁，故此得名。

[10] 谢公岭：南朝宋著名山水诗人谢灵运任永嘉太守，纵情山水，曾在此地游览过，因此得名。

[11] 灵峰道：通往灵峰的路。

[12] 亘天：纵贯天空。

[13] 骈（pián）：并列。

[14] 如幞（fú）之欹：像头巾一样倾斜。幞，幞头，古代的一种头巾。

[15] 双鸾、五老：均为山峰名。双鸾峰在东内谷，因两座山峰各有一块怪石，像翩翩起舞的鸾鸟，因此得名；五老峰，又名五云峰，也在东内谷，形象似五个老人，因此而得名。

[16] 灵峰寺：在东内谷灵峰下，宋天圣元年（1023）僧人文吉创建。

[17] 灵峰洞：在灵峰寺后，洞内有罗汉像五百座，所以又称罗汉洞。

[18] 窅（yǎo）然：深邃的样子。

[19] 碧霄洞：北碧霄洞在碧霄峰下，南碧霄洞在南碧霄峰下，两洞遥遥相对。

[20] 响岩：在东内谷灵岩东二里，形如大坑，两旁峭壁围裹，游人站在里面说话，回音很大。

[21] 净名寺：在东内谷，宋太平兴国二年（977）建。

[22] 水帘谷：又称珠帘，在东内谷的水月岩下。

[23] 灵岩寺：在东内谷，宋太平兴国年间建造，被称为雁山的明堂，元末被毁，明清曾重建。

[24] 屏霞嶂：一名灵岩，在东内谷灵岩寺后。"壁立干霄，状如屏风"，所以又称屏霞嶂。嶂，高险如屏障的山。

[25] 展旗峰：在东内谷，厚约一丈，阔约二百丈，很像一面迎面飘扬的旗帜，因此得名。

[26] 天柱峰：与展旗峰相对，外形极像一根白色的大柱，所以得名。

[27] 龙鼻水：一名龙鼻泉，在东内谷灵岩寺后面的龙鼻洞内。

[28] 龙鼻之穴：即龙泉洞，洞高数十丈，深十余丈，洞顶有一溜紫色石头，现鳞甲状，似一条龙，环绕下垂数十丈，垂到洞底，便悬空垂挂，很像一个鼻子，鼻子末端有手指大的两个孔，其中一个不

断有泉水流出，这便是龙鼻水。

[29] 独秀峰：在东内谷。

[30] 卓笔峰：在东内谷内，峰体下圆上锐，很像一支毛笔直立在地上，因此得名。

[31] 小龙湫：瀑布名，在东内谷灵岩寺后，高三千尺。

[32] 玉女峰：在东内谷，正对龙鼻洞口，很像一个亭亭玉立的女子，故此得名。

[33] 僧拜石：共有两块巨石，南边一块，高三丈，很像天子拿的玉圭。北边一块高二丈，形状像一个披着袈裟，拱手向玉圭行礼的僧人。

[34] 安禅谷：一名安神谷，在东内谷屏霞幛下，相传宋代太平兴国年间，和尚行亮、神昭在这里住下，从此雁荡山才得以发展。

[35] 蟾蜍石：又名玉蟾蜍，石色晶莹，像一只癞蛤蟆。

[36] 无地：指深谷。

[37] 崆峒：高峻的山崖。

[38] 天聪洞：在东内谷展旗大石壁间，洞穴像人的耳朵。

[39] 山门：指雁山的南天门，在展旗峰和天柱峰之间。

[40] 板嶂岩：一名板嶂峰，在东内谷。

[41] 小剪刀峰：一峰半开如剪刀，但又不如大剪刀峰大。

[42] 观音岩：一名观音髻，在东内谷，形似发髻高耸的观音大士所以得名。

[43] 马鞍岭：一名石城岭，为雁山东西谷的中界，整个山岭呈马鞍形。

[44] 鸟道：形容险峻、狭窄的山路。

[45] 常云峰：一名灵府山，在西内谷，因山上常有云气，故得名。

[46] 大剪刀峰：在西内谷，巨峰上半部分为两枝，很像一把大剪刀，

因此得名。

[47] 连云峰：又名连云障，在西内谷。左有阎王鼻，右有风洞。

[48] 龙湫：指雁山大龙湫，一名大瀑布，在西内谷，瀑布高五千尺。

[49] 诺讵那：罗汉名，又作诺矩罗。相传诺矩那居震旦东南大海际雁宕山芙蓉峰龙湫。唐代僧人贯修《诺矩罗赞》有"雁荡经行云漠漠，龙湫宴坐雨蒙蒙"句，即指此景。

[50] 廉纤：细小，细微。

[51] 雁湖山：一名雁湖岭，又称连霄岭，在西外谷。因山顶有湖，叫雁湖，因此得名。

[52] 道松洞：一名化城，在西内谷化城峰中，洞高四丈，据说为道松和尚所开，因此得名。

[53] 白云庵：又名龙湫背庵，在西内谷大龙湫上。据说明嘉靖年间有两个五台山和尚，一个叫白云，一个叫云外，在雁山碰到一起，盖了此庵，后人便将此庵称为白云庵。

[54] 海中玉环：指浙江东南的玉环岛。

[55] 丘垤：小土堆。

[56] 东峰：一称东岭或桐岭，又名芙蓉岭，在雁荡山西南。

[57] 宕：指雁湖。

[58] 上湫：指上龙湫，一名上瀑布，在大龙湫之上数里。

[59] 发脉：发源。

[60] 莲舟：江阴的一位僧人，作者的旅伴。

[61] 足布：裹腿布。

[62] 斗：通"陡"。

[63] 中（zhòng）：合，符合要求。

[64] 乐清：乐清县，隶温州府，即今浙江乐清市。

译文

自初九离开天台山，初十抵达黄岩。这时太阳已经偏西，出南门三十里后，投宿于八岙的旅舍。

十一日 经过二十里，登上盘山岭。遥望雁荡山的诸峰，身旁的木芙蓉直插云天，片片花瓣扑面而来。又前行了二十里，在大荆驿吃饭。向南涉过一条溪水，见西边的山峰上点缀着一块圆石，仆人们指着说那是两头陀岩，我则怀疑那是老僧岩，但又不是很像。走了五里，经过章家楼，这才看清老僧岩的真实面目：身穿袈裟，头上秃顶，形象逼真地孤立着，高有百尺。侧边还有一座像小童的岩石，佝偻着身子跟随其后，只不过被老僧岩遮掩住了。从章家楼走出二里，在山半腰上发现了石梁洞。洞门向东，洞门口有一道石梁，从洞顶一直斜着插进地里，好像飞虹下垂。由石梁一侧的缝隙中一级一级拾级而上，上面很高，且宽敞、空旷。坐下了一会儿，这才下山。由右边的山坡越过谢公岭，渡过一条溪涧，顺着溪涧一直向西行，就是去灵峰的道路。刚一转过山腋，就见两边的岩壁陡峭直立，横亘入云，险峰重叠，有的山峰尖削，有的攒聚，有的像并列的竹笋，有的像挺立的灵芝，有的像笔一般直立，有的像头巾一样倾斜。洞口有的像卷起的幕帐，水潭有的碧绿得像清澈的靛一般。双鸾峰、五老峰羽翼相接、联肩并行。这样又走过一里多路，到达灵峰寺。顺着灵峰寺侧的山道登上灵峰洞。灵峰洞中间是空的，特立于灵峰寺后，侧面有缝隙可以进入。从缝隙处走过数十级石阶，直达窝顶，深远处的平台方圆而宽敞，其中有罗汉塑像。坐在平台上一直玩赏景色到暮色降临，这才返回灵峰寺。

十二日 饭后，从灵峰右侧山脚去寻觅碧霄洞。原路返回，走到谢公岭下。向南经过响岩，又行了五里，到达净名寺路口；进入后寻觅水帘谷，所谓水帘谷，就是两崖相夹，流水从崖顶上飘落下来。出水帘谷五里，就到了灵岩寺。这里绝壁四面合围，接天劈地，顺着蜿蜒的小道进去，仿佛是另外开辟出来的一个广阔世界。灵岩寺位居其中，南向，背后就是屏霞嶂。屏霞嶂的顶部平整，呈现出紫色，高有数百丈，宽与高相称。屏霞嶂的最南边，左面是展旗峰，右面是天柱峰。介于屏霞嶂右胁与天柱峰之间的，先是龙鼻水。龙鼻水的洞穴，从石头缝隙直上，与灵峰洞相似，但要小一些。洞穴内岩石的颜色都呈现黄紫色，唯独缝隙口有石纹一缕，是青红色的，且又湿润有光泽，颇有龙鳞龙爪的形状。从洞顶一直贯入洞底，落下的一端很像龙的鼻子，鼻端的石孔可以容下一只手指，水就是从石孔中滴下来，注入石盆中。这就是屏霞嶂右边的第一奇景了。西南面是独秀峰，比天柱峰要小，但岩石的高度和尖锐却不相上下。独秀峰之下是卓笔峰，高度有独秀峰的一半，岩石的尖锐与两峰相当。南面山坳间，轰然向下飞泻的，是小龙湫瀑布了。隔着小龙湫瀑布与独秀峰相对的，是玉女峰。玉女峰顶上开满了春天的花朵，很像是玉女发髻上插满饰品。从这里经过双鸾峰，即以天柱峰为尽头。双鸾峰只有两座山峰并列耸起。山峰之际有"僧拜石"，身穿着袈裟、伛偻着身子，真是极像啊！介于屏霞嶂的左胁和展旗峰中间的地方，最前是安禅谷，安禅谷即屏霞嶂的下岩。东南是石屏风，形状极像屏霞嶂，高度和宽处只为屏霞嶂的一半，正好插在屏霞嶂的尽头。石屏风峰顶上有"蟾蜍石"，与屏霞嶂侧面的"玉龟石"相对。从石屏风向南去，在展旗峰侧面的褶皱中，有一条小路一直向上，石级的尽处，有石门槛阻隔着。俯身从石门槛向下窥看，下面临对着的似乎是看不到的大地，头顶上镶嵌着高高的天空。外面有两个圆洞，侧面有一个长洞，亮光从孔洞中射进来，别有一番境界，这就是天聪洞，这是屏霞嶂左方的第一奇景。尖削的山峰重重叠叠，左右回环相向，奇异精巧的景致层出不穷，真是天下奇观啊！而小龙湫瀑布的水向下流淌，经天柱峰、展旗峰，有石桥横跨在上面，灵岩寺的山门则面对石桥。桥外面，可看见含珠岩在天柱峰的山坡上，顶珠峰则在展旗峰之上。这又是灵岩寺的外观了。

十三日 从灵岩寺山门出来，顺着山坡向右走，一路上山崖、峭壁参差，流霞映照着山间的色彩。高峻而平展的，是板嶂岩。板嶂岩下危岩耸立而尖削狭窄的，是小剪刀峰。再往前，重叠的山岩之上，一座山峰亭亭玉立直插云天，那就是观音岩。岩侧面则是马鞍岭横亘在前面。险要的山道盘旋、弯折，越过山坳向右转，有溪流浩浩荡荡流出，涧底的石头平坦如磨刀石。沿着山涧往深处走去，大约离开灵岩寺十余里，经过常云峰，就见大剪刀峰屹立于涧旁。大剪刀峰的北面，重岩陡然立起，它的名称叫连云峰。从这里，山峰环绕往复，到这里岩崖已穷尽了。大龙湫瀑布的流水，轰然倾泻，直捣潭中。山岩的形势敞开、张扬，陡峭而尖削，而流水无所依附，于是腾空飘荡，顿时令人眼睛、心神眩晕而恐惧。水潭上方建有庙堂，相传是诺讵那罗汉观赏泉水的地方。从庙堂后面沿石级直上，有座建在岩壁上的亭子好似鸟儿展翅一般。面对着瀑布蹲踞着观赏了很久，才下山到庵中吃饭。细雨下个不停，然而我的心神早已飞到雁湖山顶了。于是，冒雨到达常云峰，从常云峰半腰的道松洞外，攀登险绝的石级有三里之多，奔赴白云庵。这时人已空，庵庙也坍塌了，一个僧人在草莽中，见到有客人到了，望了望就离开了。再走一里路，有云静庵，于是便投宿在那里。和尚名叫清隐，已病卧在床数十年，还能与客人谈笑。我见四面山峰云雨凄凄，不能不为明天早晨的行程担忧。

十四日 天忽然晴朗起来，于是请清隐和尚的徒弟做向导。清隐说雁湖中长满了草，已变成荒芜的田地，只能白白地去一趟，但可以送我们到峰顶。我心想，只要到达峰顶，便可以游览雁湖；于是每人手拄一根木杖，在深草中攀登，走一步，喘一下，走了数里路，才到达高峰之巅。四下里一望，白云弥漫成一片，一直平铺至山峰下面。各座山峰就像云海中的一朵朵花儿，仅露出一点峰顶，阳光映照在峰顶之上，好像盛冰的玉壶、瑶台的神仙世界一般，让人不能辨别哪是云海、哪是陆地。然而，那云海中的玉环山有如轻飘飘的一抹衣带，似乎俯身就能拾起来。向北瞭望，山坳中岩壁陡立，里面石笋森森，参差不一。三面有布满绿树的山崖环绕，景致更比灵岩寺优美。但山谷幽深而境地非常险绝，只听到潺潺的流水声，分辨不出是从什么地方传来的。遥望四周，峰峦累累，低伏的有如小土堆，只有东面的一座山峰昂然独自向上耸立，最东边的常云峰，还能够与之相比。

当向导的和尚告退时，指着雁湖在西面中间凹进的一座山峰说，还需要翻越三道山尖。我听从他的话，等到翻越过一座山尖后，发现道路已经断绝；再翻越过一座山尖，发现所要登临的山顶已经在天空中。自己回忆《大明一统志》上说："雁荡湖在山顶，龙湫瀑布的流水，就是从雁荡湖而来。"现在山势逐渐下降，而上龙湫的山涧，却是从东面的高峰发源，距离这里已经隔开两道山谷。于是便顺着原路返回一直向东，望着东面山峰中的最高的山峰前行。莲舟和尚因为疲劳，不能跟从。于是由原路向下，我与两个仆人向东越过两座山岭，这里的人迹已经全无了；接着，前面的山越来越高，山脊越来越狭窄，两边崖壁夹立，使人感到像在刀背上行走。而且石片的棱角突兀而出，每越过一道山脊，即遇到一座陡峭的山峰，像是从刀剑的缝隙中攀援而上。就这样攀登了几次，可所经过的地方已经难以容下脚了，我心想这又怎能容纳下一个湖泊呢？接着走到高峰的尽处，一座石壁像是被刀劈过一般，我一向惧怕石片的锋利逼人，而到这里已经没有锋利的石片可以放置脚了！在山崖上犹豫踌躇，不敢再由原来的小路返回。俯看南面岩壁上有一道石阶，于是叫仆人们脱下四条裹脚布接成布绳，从悬崖上悬空垂下，先让一名仆人顺布缒下去，我第二个跟从他缒下，心想着可以找到攀援的路了。等到下去，才发现仅仅能容纳下一只脚，再没有多余的地方。遥望岩壁下面，非常陡峭，深有百丈，想要谋划着再攀援上去，而上面的岩石也嵌在半空三丈多高的地方，不能飞身攀登上去。手拉着布绳试着往上攀登，布绳被凸出的石头所勒，忽然中断。重新把布绳续接好使它悬空，竭尽全力挽布绳腾空跳跃，最终得以再次攀登到上面的岩石上。脱离出险境，等重新回到云静庵时，太阳已渐渐西沉。我们的衣服和鞋子全都弄得破损不堪，寻觅雁湖的兴致由此也消退了。于是，告别清隐师徒下山，再次到龙湫瀑布。这时瀑布因积攒了雨水，怒涛奔腾，一泻而下，水势变幻极大，瀑布好似喷薄着堆雪,声音大如轰雷,比昨天增大了一倍。一直坐到天黑才出山门,南行四里路,这夜住宿在能仁寺。

十五日 在能仁寺后寻觅到好几把方竹,竹子纤细如树枝;竹林中新长出的枝条,大的径围有一寸,比较柔软,不适合做手杖,而老的枝条已经砍伐殆尽了!于是,从岔道度过四十九盘岭,一路顺着东海边向南行,翻越窑岙岭,往乐清县而去。

赏析————————

雁荡山是我国东南著名的名胜之一,徐弘祖曾先后三次游览。本文所记,是他于万历四十一年(1613)四月中旬,二十八岁时第一次游览雁荡山的情形。文章以时间与游踪为线索,全面地记述了雁荡山的风景名胜。第一天,记灵峰寺的景观。文中以奇峰异石为主,尤其对老僧岩的描写,由先前的误解到逐渐显其"真面目",尤为细致而逼真。次日,写屏霞嶂南面的景观。作者以灵岩寺为观景点,以屏霞嶂为中心,分别进行描写,其中有远望所见,有游历所见,有详有略,景物虽多,却繁而不乱。第三天,记由灵岩寺右行的一路景观,描写的重笔则在大龙湫瀑布,通过细腻的笔触,表现了瀑布的声威气势和壮丽景象。第四天,主要写为寻找雁荡山顶的湖荡而历尽险难的经过。作者在对这四片景区寻找的同时,把众多的胜景描写点缀其中,从而构成了一幅浓淡相宜、奇峰胜景参差杂错的山水画卷。而在欣赏品味这篇游记的同时,我们也被作者那种不畏艰难险阻,坚韧不拔的探索精神所折服。

游嵩山[1]日记

徐弘祖

余髫年[2]蓄五岳[3]志,而玄岳[4]出五岳上,慕尤切。久拟历襄、郧[5],扪太华[6],由剑阁[7]连云栈为峨眉[8]先导;而母老志移,不得不先事太和[9],犹属有方之游。第沿江溯流,旷日持久,不若陆行舟返,为时较速。乃陆行汝、邓[10]间,路与陕、汴[11]略相当,可以兼尽嵩、华,朝宗太岳[12]。遂以癸亥[13]仲春朔,决策从嵩岳道始。凡十九日,抵河南郑州之黄宗店。由店右登石坡,看圣僧池。清泉一涵,淳碧山半。山下深涧交叠,涸无滴水。下坡行涧底,随香炉山曲折南行。山形三尖攒立如覆鼎,众山环之,秀色娟娟媚人。涧底乱石一壑,作紫玉色。两崖石壁宛转,色较缜润[14];想清流汪注时,喷珠泄黛,当更何如也!十里,登石佛岭。又五里,入密县界,望嵩山尚在六十里外。从岐路东南二十五里,过密县,抵天仙院。院祀天仙,云黄帝之三女也。白松在祠后中庭,相传三女蜕骨其下。松大四人抱,一本三干,鼎耸霄汉,肤如凝脂,洁逾傅粉,蟠枝虬曲,绿鬣舞风,昂然玉立半空,洵[15]奇观也!周以石栏。一轩临北,轩中题咏绝盛。徘徊久之,下观滴水。涧至此忽下跌,一崖上覆,水滴历[16]其下。还密,仍抵西门。三十五里,入登封界,曰耿店。南向为石淙道,遂税驾[17]焉。

注释

[1] 嵩山:被称为中岳,在河南登封市,分太室山和少室山两部分,以少林河为界。明熹宗天启三年(1623)二月二十日作者进入登封县境,二十四日离开少林寺,在嵩山历时五天;二十五日到伊阙,参观了龙门石窟。

[2] 髫(tiáo)年:幼年。

[3] 五岳:五岳为中岳嵩山,东岳泰山,南岳衡山,西岳华山,北岳恒山。

[4] 玄岳:指武当山。

[5] 襄、郧:即襄阳府、郧阳府,都在湖北境内。

[6] 太华:即西岳华山。

[7] 剑阁:今四川省北部有剑门山,主峰大剑山在剑阁县北。峭壁中断处,两崖相峙如门,有飞阁连通,所以称之剑阁,是中原进川的必经险道。

[8] 峨眉:即峨眉山,在四川峨眉山市西南。

[9] 太和:指湖北的武当山。

[10] 汝:即汝州,今河南临汝县。邓:即邓州,即今河南邓县。

[11] 陕:即陕州,在今河南三门峡市稍西。汴:汴州,即今河南省开封市。

[12] 朝宗:古代诸侯朝见天子,春见称朝,夏见称宗。太岳:指武当山,

因明代时曾被封为"太岳"而得此名。

[13] 癸亥：指天启三年（1623）。

[14] 缜（zhěn）润：细腻而润泽。

[15] 洵（xún）：实在。

[16] 滴历：同"滴沥"，水稀疏下滴。

[17] 税（tuō）驾：停宿，休息。税，通"脱"。

译文

我儿时就怀有登览五岳名山的志向，而玄岳武当山的名气在五岳之上，所以仰慕之心尤为迫切。很久以前一直打算经过襄阳府、郧阳府，然后登临华山，再经过剑阁的连云栈，以此作为攀登峨眉山的前站；但因为母亲年老体衰而改变计划，不得不先游览武当山，这还属于不失孝道的出游吧。然后沿长江溯流而上，耗费时间太久；不如从陆路前往，然后乘船返回，这样所用时间较迅速。于是便选择从到汝州、邓州之间的陆路穿过，路程与走陕州、开封府之间的路程差不多，但却可以一路将嵩山、华山两处景点都游览了，然后再朝拜武当山。于是在癸亥年二月初一动身，决定先从嵩山开始游览，前后走了十九天，抵达河南开封府郑州的黄宗店。由黄宗店右边登上石坡，观览圣僧池。池内是一潭清澈的泉水，清淳而碧绿，汇聚在半山。山底下的深涧纵横交错，涧中早已经干涸无水。顺着山坡一直走到涧底，沿着香炉山蜿蜒地往南走。香炉山的三座尖峰紧靠在一起，如同倒扣过来的大鼎，众多的山峰环绕着，景色秀丽迷人。

涧底是堆满乱石的沟壑，呈现出紫玉一般的颜色。两面山崖的石壁宛转，石质细腻、色感润泽；想象着一汪清流从涧中倾泻而下时，水珠喷溅、绿波倾斜，又是怎样的景致啊！又走了十里，登上了石佛岭。又走了五里，进入密县境内，眺望嵩山还在六十里之外。从岔路往东南再走二十五里，穿过密县，到达天仙院。天仙院内祭祀的是天仙，传说是黄帝的三女儿。白松屹立在祠堂后面的庭院正中，传说黄帝的三女儿曾在这棵白松下羽化成仙。松树有四人合围粗细，一棵树分出三棵枝干，三棵树干相互鼎立，高耸云霄，树皮柔滑得好似凝结的油脂，干净得好似涂过粉，松树枝如同虬龙一般弯曲，绿色的松针像狮子头上的长毛迎风飞舞，昂然玉立在半空中，真是奇观啊！松树周围有石栏。一座轩亭正对北方，轩亭中题咏的诗词楹联很多。我徘徊了很长时间，才下去观看滴水。山涧到这里突然往下跌落，一块崖石覆盖在上面，水滴从崖石上往下滴落。返回密县，仍然回到城西门。走了三十五里，进入登封县境的耿店。往南是去石淙的路，于是便在耿店住宿。

二十日 从小径南行二十五里，皆土冈乱垄。久之，得一溪。渡溪，南行冈脊中，下瞰则石淙在望矣。余入自大梁[1]，平衍广漠，古称"陆海"，地以得泉为难，泉以得石尤难。近嵩始睹蜿蜒众峰，于是北流有景、须诸溪，南流有颍水，然皆盘伏土碛中。独登封东南三十里为石淙，乃嵩山东谷之流，将下入于颍。一路陂陀[2]屈曲，水皆行地中，至此忽逢怒石。石立崇冈山峡间，有当关扼险之势。水沁入胁下，从此水石融和，绮变万端。绕水之两崖，则为鹄[3]立，为雁行；踞中央者，则为饮兕[4]，为卧虎。低则屿[5]，高则台，愈高，则石之去水也愈远，乃又空其中而为窟，为洞。揆[6]崖之隔，以寻尺计；竟水之过，以数丈计。水行其中，石峙于上，为态为色，为肤为骨，备极妍丽。不意黄茅白苇中，顿令人一洗尘目也！

注释

[1] 大梁：开封的古名。

[2] 陂陀：形容地势起伏不平。

[3] 鹄：天鹅。

[4] 兕（sì）：雌犀牛。

[5] 屿：小岛。

[6] 揆（kuí）：估计，推测。

译文

二十日 从小路向南走二十五里，一路都是土冈和杂乱的土埂。走了很久之后，才看到一条小溪。渡过小溪，往南行走在山冈的梁背上，往下俯瞰，看到石淙河就在眼下。我自从进入开封府地界，大都是平坦舒展的地势，广漠无边的地貌，古人将其称之为"陆海"。平地以有泉水流淌为难，有了泉水又以难有岩石相佐为更难。一直到了嵩山近前，才开始看到众多蜿蜒起伏的山峰，向北有景溪、须溪等河流，向南有颍水，但这些河流都环绕隐伏在沙滩的沙石之中。只有登封县东南三十里的石淙河，是从嵩山东面的山谷中里流出来的，一直向下注入颍水。一路之上随着高低不平的地势宛转曲折流淌，水都在地下流淌，流到这里忽然遇到峥嵘立起的巨石。巨石耸立在高山和峡谷之间，有镇守关隘、扼险制要的气势。水浸到巨石的下面，从此水和石交融在一起，变化出各种峭丽的姿态。流水环绕的两岸崖石，像天鹅伸着脖子挺立着，又像大雁排着队飞行；耸立在水中的岩石，就像是犀牛在喝水，像是卧伏在地的猛虎。低矮的形成小岛，高大的形成高台，岩石越高大，则离水面越远，却又中间蛀空成石窟和石洞。估计每块岩石的间隔，大概有八尺，水流最大时的水面，大概有数丈。水在山崖中间流过，岩石耸立在水上，无论是形态还是色彩，也无论是外表还是内在，景致都漂亮极了。想不到枯黄的茅草和白色的芦苇之中，还有令人眼目一新的美景。

　　登陇[1]，西行十里，为告成镇[2]，古告成县地。测景台在其北。西北行二十五里，为岳庙[3]。入东华门时，日已下舂[4]，余心艳卢岩，即从庙东北循山行。越陂陀数重，十里，转而入山，得卢岩寺。寺外数步，即有流铿然下坠石峡中。两旁峡色，氤氲成霞。溯流造寺后，峡底矗崖，环如半规，上覆下削。飞泉堕空而下，舞绡曳练，霏微散满一谷，可当武彝之水帘。盖此中以得水为奇，而水复得石，石复能助水不尼[5]水，又能令水飞行，则比武彝为尤胜也。徘徊其下，僧梵音以茶点饷。急返岳庙，已昏黑。

注释

[1] 陇（lǒng）：通"垄"，田中高地。
[2] 告成镇：今又作郜城，属登封市。
[3] 岳庙：即中岳庙，在今登封市城东四公里处。
[4] 下舂：日落时。
[5] 尼（nǐ）：阻止。

译文

登上高起的田埂，往西走十里，是告成镇，也就是以前告成县治所在地。测景台在镇的北面。往西北行二十五里，就到了中岳庙。进入东华门时，太阳已经落山了。我心中向往着去卢岩寺，就从中岳庙东北顺着山一直行走。越过数重高低起伏的坡地，又走十里，就转而进山，随即到了卢岩寺。寺外几步远的地方，就有水流铿然坠入石峡中。峡谷两边的山色，氤氲成一片云霞。溯流而上到达寺院后，峡谷底部矗立着一片崖石，像半圆一样环绕着，上部倾覆，下部凹削。泉水从空中飞泻直下，仿佛丝绸凌空飘舞，白色的丝带垂下，细密的水滴洒满山谷，可以当作武彝山的水帘洞的水帘。因此山以有水为奇，而水又得岩石相佐衬，岩石又能助水而不阻挡流水，又能使泉水飞流，这便又大大超过武彝山了。徘徊在瀑布下面，僧人用茶点款待我们。急急忙忙返回中岳庙时，天已经昏黑。

二十一日 晨,谒岳帝[1]。出殿,东向太室绝顶。按嵩当天地之中,祀秩[2]为五岳首,故称嵩高,与少室并峙,下多洞窟,故又名太室。两室相望如双眉,然少室嶙峋,而太室雄厉称尊,俨若负扆[3]。自翠微以上,连崖横亘,列者如屏,展者如旗,故更觉岩岩[4]。崇封[5]始自上古,汉武以嵩呼之异[6],特加祀邑[7]。宋时逼近京畿,典礼大备。至今绝顶犹传铁梁桥、避暑寨之名。当盛之时,固可想见矣。

注释

[1] 岳帝:指嵩山之神。

[2] 祀秩:按祭祀的等级顺序。

[3] 负扆(yǐ):皇帝临朝听政时背靠屏风而坐。

[4] 岩岩:高峻的样子。

[5] 封:帝王赐以爵位、土地、名号等。这里即指下文汉武帝"特加祀邑"之事。

[6] 嵩呼之异:据《汉书·武帝纪》载,西汉元封元年(前110),汉武帝率群臣登嵩山,听到山间传来三次"万岁"的呼声,认为是嵩山山神所呼,觉得灵异,十分高兴。

[7] 特加祀邑:汉武帝因为嵩山有"三呼万岁"的灵异,故特地下令将山下三百户划为祀邑(即该邑内的所有田租收入专供祭祀嵩山山神之用),并将该邑命名为"崇高"。该邑后来发展为名曰"登封"的县。

译文

二十一日 早晨，祭拜嵩山的神灵岳帝。出了大殿，向东攀登太室山的绝顶。据记载，嵩山居于天地正中，按祭祀的顺序为五岳之首，所以称为嵩高。嵩山和少室山并排峙立，山下有许多洞窟，所以又称为太室山。两山相望好似一对眉毛并列，但少室山显得瘦骨嶙峋，而太室山则以雄奇凌厉著称，俨然像背靠屏风而坐的帝王。从翠色弥漫的山脚而上，连绵起伏的山崖横亘在眼前，好似屏风排列，伸展如旗帜，所以更觉得高峻威严。对嵩山的尊崇、祭祀从远古就开始了，汉武帝因为嵩山呼"万岁"的奇异事情，特别增加了奉祀岳神的嵩高邑。宋朝因嵩山靠近京城开封附近，所以祭山的大典十分完备，至今绝顶上还保留铁梁桥、避暑寨的名称。当时的盛况，完全可以想见。

太室东南一支，曰黄盖峰。峰下即岳庙，规制宏壮。庭中碑石矗立，皆宋、辽以来者。登岳正道，乃在万岁峰下，当太室正南。余昨趋卢岩时，先过东峰，道中见峰峦秀出，中裂如门，或指为金峰玉女沟，从此亦有路登顶，乃觅樵预期为导，今遂从此上。近秀出处，路渐折，避之，险绝不能径越也。北就土山，一缕[1]仅容攀跻，约二十里，遂越东峰，已转出裂门之上。西度狭脊，望绝顶行。是日浓云如泼墨，余不为止。至是岚气愈沉，稍开则下瞰绝壁重崖，如列绡削玉，合则如行大海中。五里，抵天门。上下皆石崖重叠，路多积雪。导者指峻绝处为大铁梁桥。折而西，又三里，绕峰南下，得登高岩。凡岩幽者多不畅，畅者又少回藏映带之致。此岩上倚层崖，下临绝壑，洞门重峦拥护，左右环倚台嶂。初入，有洞岈然，洞壁斜透；穿行数武，崖忽中断五尺，莫可着趾。导者故老樵，狷捷[2]如猿猴，侧身跃过对崖，取木二枝，横架为阁道。既度，则岩穹然上覆，中有乳泉、丹灶、石榻诸胜。从岩侧跻而上，更得一台，三面悬绝壑中。导者曰："下可瞰登封，远及箕、颍[3]。"时浓雾四塞，都无所见。出岩，转北二里，得白鹤观址。址在山坪，去险就夷，孤松挺立有旷致。又北上三里，始跻绝顶，有真武庙三楹。侧一井，甚莹，曰御井，宋真宗[4]避暑所濬也。

注释

[1] 缕：本义为丝线，这里形容道路狭窄。

[2] 狷（juàn）捷：敏捷。

[3] 箕、颍：箕指箕山，颍指颍水，皆在今登封市东南。

[4] 宋真宗：北宋皇帝，名赵恒。

译文

太室山东南有一支山脉，名叫黄盖峰。黄盖峰脚下就是中岳庙。中岳庙的规模宏伟、壮观。庭院之中碑刻林立，都是宋代、辽代以来的题刻。攀登中岳嵩山的大道就在万岁峰下，应当是太室山正南方。

我昨天奔往卢岩寺时，先经过东峰，路上看见峰峦秀丽出众，只是当中裂开，如同一扇门，有人指着说是金峰玉女沟，从这里也有路能够登上绝顶，于是便寻樵夫，准备当作向导，今天就从这里上到绝顶。走近秀峰出众的地方，山路渐渐断开，险要到了极点，不能直接翻越过去。北面靠近土山的地方，一条路像线一样狭窄，只容身体向上攀爬，大约走了二十里，才越过东峰，不久转到裂门的上面。向西翻越狭窄的山脊，看着绝顶前行。这一天，浓云好像泼墨一般，我没有停下脚步。这时山里的云雾越发阴沉，稍稍散开就可以朝下俯瞰到绝壁重崖，仿佛丝绸罗列、玉石削开；云雾合拢时，则如同在大海中前进。又走了五里，到达天门峰。天门峰上下都是重叠的崖石，路上有很多积雪。向导指着最险峻陡峭的地方称，那里是大铁梁桥。转向西走，又行了三里，绕着山峰一直往南下，到了登高岩。凡是山岩幽深的地方大多不通畅，通畅的地方又缺少曲折、隐蔽以及互相映衬的景致。这块岩石上靠层层的山崖，下临险绝的深壑，洞门口有重叠的山石簇拥，左右又环依着高台、屏障般的山峰。刚到这里，就有又深又大的洞穴，洞壁斜着向里穿入；在洞中穿行了几步，崖壁忽然从中断开五尺，没有地方可以落脚。向导以前是樵夫，敏捷得仿佛猿猴一般，侧着身子跳到断崖对面，取来两根树枝，横架在断崖上形成桥道。过了断崖，拱形的岩石高高覆盖在上方，当中有乳泉、丹灶、石榻等名胜。从岩边的侧面攀登而上，另外又有一座平台，三面悬在险绝的沟壑中。向导说：“往下可以俯瞰登封县，远处甚至看得到箕山、颍水。”当时浓雾四处弥漫，什么都看不见。走出登高岩，转北行二里，到白鹤观旧址。旧址在山间的平地上，远离险峻的高山而靠近平坦的平地，一棵孤松独自挺立着，有一种旷达的情致。又往北上三里，才登上绝顶，顶上有真武庙，分为三间。侧面有一口井，井水十分清莹，名御井，是宋真宗到顶上避暑时疏浚的。

饭真武庙中。问下山道，导者曰："正道从万岁峰抵麓二十里。若从西沟悬溜而下，可省其半，然路极险峻。"余色喜，谓嵩无奇，以无险耳。亟从之，遂策杖前。始犹依岩凌石，披丛条以降。既而从两石峡溜中直下，仰望夹崖逼天。先是峰顶雾滴如雨，至此渐开，景亦渐奇。然皆垂沟脱磴，无论不能行，且不能止。愈下，崖势愈壮，一峡穷，复转一峡。吾目不使旁瞬，吾足不容求息也。如是十里，始出峡，抵平地，得正道。过无极洞[1]，西越岭，趋草莽中，五里，得法皇寺[2]。寺有金莲花，为特产，他处所无。山雨忽来，遂借榻僧寮。其东石峰夹峙，每月初生，正从峡中出，所称"嵩门待月"也。计余所下之峡，即在其上，今坐对之，只觉云气出没，安知身自此中来也。

注释

[1] 无极洞：即今老君洞，因供奉太极、皇极，所以称无极洞。
[2] 法皇寺：应作"法王寺"。创建于东汉明帝永平十四年（71），仅比洛阳白马寺晚三年，是嵩山最古老的寺院。

译文

在真武庙中吃过饭。打听了下山的路,向导说:"沿着正道到万岁峰山脚,有二十里。如果顺着西沟悬身溜下去,可以省掉一半的路程,但是道路极其险峻。"我面露喜色,原来以为嵩山没有奇异的地方,因为没有险峻之处。说完便急忙跟随向导,拄着手杖前行。开始的时候还傍靠着岩石攀行,拨开一丛丛的草木往下走。随后就从两座石峡中滑行直下,抬头仰望夹立两旁的山崖,几乎可以逼近天际。先是,峰顶上的雾气凝聚成水,像雨一样往下滴,至此雾气才渐渐散开,景色也渐渐变得奇异。但一直是垂直上下的山沟。没有石级,不要说不能行走,而且无法停下来。越往下走,山崖的气势越壮观,下到一道峡谷的尽头,又转入另一道峡谷。我的眼睛片刻不敢旁视,我的两脚得不到片刻的休息。就这样一直下了十里,才出了峡谷,抵达平地,走上正道。过了无极洞,翻越西边的山岭,在草莽中急行了五里,到达法皇寺。寺里有金莲花,是本地特产,别的地方是没有的。这时山雨忽然降临,于是便借宿在僧人的寮房。寺院的东面石峰夹立,每当月亮初升时,正是在峡谷中间升起,这就是所谓的"嵩门待月"。想来我先前所下到的峡谷,就在这道峡谷的上面,现在面对面地坐下来,只感觉身边云气出没,哪里知道自己是从中下来的呢。

二十二日 出山,东行五里,抵嵩阳宫废址[1]。惟三将军柏郁然如山,汉所封也;大者围七人,中者五,小者三。柏之北,有室三楹，祠二程[2]先生。柏之西，有旧殿石柱一，大半没于土，上多宋人题名，可辨者为范阳[3]祖无择、上谷[4]寇武仲及苏才翁数人而已。柏之西南，雄碑杰然，四面刻蛟螭[5]甚精。右则为唐碑，裴迥撰文，徐浩八分书[6]也。又东二里，过崇福宫[7]故址，又名万寿宫，为宋宰相提点处。又东为启母石[8]，大如数间屋，侧有一平石如砥。又东八里，还饭岳庙，看宋、元碑。

注释

[1] 嵩阳宫废址：在登封城北。北魏时为嵩阳寺，隋代为嵩阳观，唐高宗曾以此为行宫。宋至道三年（997）赐名太室书院，景祐二年（1035）重修，赐额更名为嵩阳书院。

[2] 二程：指北宋理学家程颐、程颢兄弟，二人都曾在此讲过学。

[3] 范阳：即范阳郡、县。约在今保定以北，北京以南一带。

[4] 上谷：即上谷郡，在今河北怀、易县一带。

[5] 螭（chī）：传说中一种没有角、黄色的龙。

[6] 八分书：书法体的一种。王次仲将程邈字分八分，取二分，分李斯字二分，取八分，自成一体，称八分书。

[7] 崇福宫：在万岁峰南麓，据传司马光曾在这里写过《资治通鉴》。

[8] 启母石：在嵩山南麓万岁峰下，启母庙后。相传为夏启之母所化。

译文

二十二日 出山，往东走了五里，到达已经废弃的嵩阳宫遗址。遗址上只有三棵将军柏郁郁葱葱，如山一般屹立着，这名字是汉朝时封赠的；大树有七人合围粗细，中等的有五人合围粗细，小的有三人合围粗细。在柏树北边，有三间房屋，内中供奉程颐、程颢两位先生；柏树的西边，有一根旧殿的石柱，大半截埋在土里，上面有许多宋人的题词，可以分辨出来的有范阳郡的祖无择、上谷郡的寇武仲、苏才翁等人罢了；柏树的西南，是雄伟巨大的石碑，四面雕刻着各种蛟龙的图饰，非常精致。右面是块唐代的石碑，裴迥撰写的碑文，徐浩用八分书体书写的；又往东走二里，经过崇福宫旧址，也叫万寿宫，是宋朝宰相提点官办公的地方；再东边是启母石，有几间房大小，侧面有一块像磨刀石一样的平整大石。再往东走八里，便回到中岳庙中吃饭，观看宋代、元代的碑刻。

西八里，入登封县[1]。西五里，从小径西北行。又五里，入会善寺[2]，"茶榜"在其西小轩内，元刻也。后有一石碑仆墙下，为唐贞元《戒坛记》，汝州刺史陆长源[3]撰文，河南陆郢书。又西为戒坛废址，石上刻镂极精工，俱断委草砾。西南行五里，出大路，又十里，至郭店。折而西南，为少林道。五里，入寺，宿瑞光上人房。

注释

[1] 登封县：即今河南登封市。
[2] 会善寺：今存，大殿为元代建筑。该寺为唐代著名天文学家一行出家的地方。
[3] 陆长源：唐代人，字泳，江苏苏州人，曾官至御史中丞，宣武司马，善书法，行书代表作有《玄林禅师碑》。

译文

往西走八里，进入登封县境内。再往西走五里，沿着小路一直往西北走。再走五里，便进入到会善寺，"茶榜"在寺院西面的小屋内，里面有元代的碑刻。屋后有一块石碑倒在墙下，是唐朝贞元年间刻的《戒坛记》，碑文是当时的汝州刺史陆长源撰写的，河南人陆郢书写。再往西边是荒废的戒坛遗址，石头上的雕刻极其精致工整，但都被残破断裂地扔在荒草、石砾中。再往西南走五里，便出了大路，又走十里，到达郭店。转向西南，是通往少林寺的路。走五里，便进入到少林寺，晚上住在僧人瑞光上人的房中。

二十三日 云气俱尽。入正殿，礼佛毕，登南寨。南寨者，少室绝顶，高与太室等，而峰峦峭拔，负"九鼎莲花"之名。俯环其后者为九乳峰，蜿蜒东接太室，其阴则少林寺[1]在焉。寺甚整丽，庭中新旧碑森列成行，俱完善。夹墀[2]二松，高伟而整，如有尺度。少室横峙于前，仰不能见顶，游者如面墙而立，辄谓少室以远胜。余昨暮入寺，即问少室道，俱谓雪深道绝，必无往。凡登山以晴朗为佳。余登太室，云气弥漫，或以为仙灵见拒，不知此山魁梧，正须止露半面。若少室工于掩映，虽微云岂宜点滓？今则霁甚，适逢其会，乌可阻也！乃从寺南渡涧登山，六七里，得二祖庵[3]。山至此忽截然土尽而石，石崖下坠成坑。坑半有泉，突石飞下，亦以"珠帘"名之。余策杖独前，愈下愈不得路，久之乃达。其岩雄拓不如卢岩，而深峭过之。岩下深潭泓碧，僵雪四积。再上，至炼丹台。三面孤悬，斜倚翠壁，有亭曰小有天，探幽之屐，从未有抵此者。过此皆从石脊仰攀直跻，两旁危崖万仞，石脊悬其间，殆无寸土，手与足代匮[4]而后得升。凡七里，始跻大峰。峰势宽衍，向之危石，又截然忽尽为土。从草棘中莽莽南上，约五里，遂凌南寨顶，屏翳之土始尽。南寨实少室北顶，自少林言之，为南寨云。盖其顶中裂，横界南北，北顶若展屏，南顶列戟峙，其前相去仅寻丈，中为深崖，直下如剖。两崖夹中，坑底特起一峰，高出诸峰上，所谓摘星台也，为少室[5]中央。绝顶与北崖离倚，彼此斩绝不可度。俯瞩其下，一丝相属。余解衣从之，登其上，则南顶之九峰森立于前，北顶之半壁横障于后，东西皆深坑，俯不见底，罡风[6]午至，几假翰[7]飞去。

注释

[1] 少林寺：位于中国河南省登封嵩山五乳峰下，是少林武术的发

源地,有"天下第一名刹"之誉。少林寺始建于北魏太和十九年(495),孝昌三年(527),印度僧人菩提达摩来到少林寺传授禅法,此后寺院逐渐扩大,僧徒日益增多,少林寺声名大振。达摩被称为中国佛教禅宗的初祖,少林寺称为禅宗的祖庭。

[2] 墀(chí):台阶上面的空地。

[3] 二祖庵:即禅宗的二祖慧可,二祖庵在少林寺西南四公里的钵盂峰上。

[4] 手与足代匮:脚不够用而以手帮助。

[5] 少室:即少室山。

[6] 罡(gāng)风:亦作"刚风",即强风。

[7] 翰:天鸡红色的羽毛。

译文

二十三日 云雾全都散去。于是进入正殿,拜完佛后,登上南寨。南寨是少室山的绝顶,与太室山的高度相当,但峰峦陡峭挺拔,有"九鼎莲花"的盛名。俯视环绕在少室山后的是九乳峰,向东蜿蜒连接太室山。它的北面即是少林寺。少林寺十分庄严华丽,庭院中新碑、旧碑森然罗列成一行行,全都保存完好。台阶旁的空地两侧有两棵松树,高大雄壮、齐整,好似用尺量裁过一样。少室山就横着耸峙在寺前,抬头看不到山顶,游人好像是面对着墙壁站立,于是就认为少室山的景致以远远眺望为最好。我昨天傍晚进寺时,就打听登少室山的道路,都称雪太深道路已经断绝,肯定去不了。一般来说,登山在晴朗的天气时最好。我登太室山时，云烟雾气弥漫，我以为或许是山神拒绝游览吧，却不知道太室山雄伟高大，只要露出半张面目就可以了。如果少室山的优美之处在于山石云雾的互相掩映，那么，虽然是薄薄的云彩，又怎能遮蔽得住呢？今天天气很晴朗，正好遇上这样的机会，难道还能阻止我登山吗！于是便从少林寺的南面渡过山涧登山，走了六七里，到达二祖庵。到这里山忽然没有土了，全都是石头，石崖往下塌落，形成大坑。坑的半腰处有泉水，从突起的岩石上飞泻而下，所以也用"珠帘"命名。我拄着拐杖独自前行，越下去越找不到路，过了很久才到崖底。这里的岩石比不上卢岩雄伟开阔，但幽深峻峭却超过它。岩石下有一潭弘大碧绿的泉水，四面积雪已经板结。又往上走，到炼丹台。炼丹台的三面都孤立悬空，斜靠翠绿的崖壁，台上有亭，名叫小有天，游人寻找幽静的足迹，从来没到过这里。从这里过去都是顺石脊仰着头一直攀登上去，两旁陡峭的山岩高有万丈，石脊悬挂在陡崖之间，几乎没有一寸土，手和脚全都竭尽全力地不停攀爬，才能登上去。一共七里，才登上大峰。大峰的地势宽阔平坦，刚才都是一块块危石，现在又突然全是土。从草丛荆棘中莽莽地往南上攀，大约五里，就登上南寨顶，屏蔽在岩石上的土到这里完全没有了。南寨实际是少室山的北顶，就少林寺来说，才是南寨。是因为少室山顶从中裂开，横断为南北两部分，北顶像展开的屏风，南顶像排列的利刃耸立着，两座山顶前端相距仅几丈，中间是幽深的山崖，垂直而下如同用刀剖开一样。两边山崖相夹，从底部奇特地耸起一座山峰，高出众峰之上，这就是所谓的摘星台，是少室山的正中央。绝顶和北部山崖若离若倚，彼此间断开不能越过。低头往下看，只有很少的一点和北崖相连。

我脱掉衣服顺着山势走，登上山顶，南顶的九峰森然地耸立在前面，北顶的半壁屏障横列在后面，东西两面都是深坑，低头看不到坑底，大风忽然吹来，令人几乎想像羽毛那样御风而行。

从南寨东北转，下土山，忽见虎迹大如升。草莽中行五六里，得茅庵，击石炊所携米为粥，啜三四碗，饥渴霍然去。倩庵僧为引龙潭道。下一峰，峰脊渐窄，土石间出，棘蔓翳之，悬枝以行，忽石削万丈，势不可度。转而上跻，望峰势蜿蜒处趋下，而石削复如前。往复不啻数里，乃迂过一坳，又五里而道出，则龙潭沟也。仰望前迷路处，危崖欹石，俱在万仞峭壁上。流泉喷薄其中，崖石之阴森崭截者，俱散成霞绮。峡夹涧转，两崖静室如蜂房燕垒。凡五里，一龙潭沉涵凝碧，深不可规以丈。又经二龙潭，遂出峡，宿少林寺。

译文

从南寨转向东北，下了土山，忽然看见有老虎的足迹有一升斗那么大。在草丛中走了五六里，到了茅庵，用打火石点燃灶火，把带来的米煮成粥，一直喝了三四碗，饥渴感便消失了。请庵里的僧人指引去龙潭的道路。下一座山峰，峰脊渐渐变得狭窄，土石交替出现，荆棘藤蔓覆盖，只能荡着树枝前行，忽然前面有一块岩石如刀削一般耸立万丈，这势难翻越了。转而向上攀登，望着山势在蜿蜒处忽然往下走，但岩石削立仍旧如前。来来回回不止数里，才迂绕过一道山坳，又走了五里后才有了道路，这就是龙潭沟。仰望刚才迷路的地方，陡峭的山崖、倾斜的岩石，都在万丈高的峭壁上。清清的泉水从中喷涌而出，崖石那阴森高耸的地方，都流动着一条绮丽的云霞。峡谷夹着山涧流转，两边山崖上的静室如同蜂房、燕窝一样。大概走了五里，一处幽静碧绿的龙潭，深得难以丈量。又经过两处龙潭，于是走出峡谷，夜里住在少林寺。

二十四日 从寺西北行，过甘露台，又过初祖庵。北四里，上五乳峰，探初祖洞。洞深二丈，阔杀之，达摩[1]九年面壁处也。洞门下临寺，面对少室。地无泉，故无栖者。下至初祖庵[2]，庵中供达摩影石。石高不及三尺，白质黑章，俨然胡僧立像。中殿六祖[3]手植柏，大已三人围，碑言自广东置钵中携至者。夹墀二松亚少林。少林松柏俱修伟，不似岳庙偃仆盘曲，此松亦然。下至甘露台，土阜蠢起，上有藏经殿。下台，历殿三重，碑碣散布，目不暇接。后为千佛殿，雄丽罕匹。出饭瑞光上人舍。策骑趋登封道，过辘辕岭[4]，宿大屯。

注释

[1] 达摩：菩提达摩的简称。相传为南天竺人，南朝宋末航海到广州，梁武帝迎至金陵，与其谈佛理。后往北魏，住嵩山少林寺，被认为中国佛教禅宗的初祖。

[2] 初祖庵：宋时少林寺僧徒为纪念禅宗初祖达摩修建的。

[3] 六祖：指禅宗六祖慧能，唐代僧人。本姓卢，生于南海新兴（今属广东），为禅宗南派的创立者，南宗传承很广，被认为是禅宗正系。

[4] 辕辕岭：在登封西北，有辕辕关，石径崎岖，长坡数里，地势险要。

译文

二十四日 从少林寺西边往北走，翻过甘露台，又翻过初祖庵。再往北走四里，就登上五乳峰，探寻初祖洞。洞有二丈深，宽不到二丈，这里就是达摩面壁九年的地方。洞门下面正对着少林寺，面对着少室山。地下没有泉水，所以没有人居住。往下走到初祖庵，庵中供奉着达摩祖师的影石。影石不到三尺高，白色的质地，黑色的花纹，好似一幅番僧站立的画像。中殿有六祖慧能大师亲手种植的柏树，大的有三人合围粗细了，碑文上说，慧能大师当年将树放在钵中从广东带到这里来。台阶两侧的两棵松树不如少林寺的松树。少林寺的松柏长得都高大雄伟，不像中岳庙的松树卧倒，盘曲着，这里的松树也是直立的。下到甘露台，那里是一座矗立的土丘，土丘上盖有藏经殿。下了甘露台，经过三重殿宇，各种碑刻遍布，令人目不暇接。后面是千佛殿，其建筑的雄壮华丽，很少有比得上的。出殿到僧人瑞光房中吃饭。出来后，策马赶奔登封的大道，经过辕辕岭，便住在大屯。

二十五日 西南行五十里，山冈忽断，即伊阙[1]也。伊水南来经其下，深可浮数石舟。伊阙连冈，东西横亘，水上编木桥之。渡而西，崖更危耸。一山皆劈为崖，满崖镌佛其上。大洞数十，高皆数十丈。大洞外峭崖直入山顶，顶俱刊小洞，洞俱刊佛其内。虽尺寸之肤，无不满者，望之不可数计[2]。洞左，泉自山流下，汇为方池，余泻入伊川。山高不及百丈，而清流淙淙不绝，为此地所难。伊阙摩肩接毂[3]，为楚豫大道，西北历关陕。余由此取西岳道去。

注释

[1]伊阙：在今河南洛阳市南。因青山对峙，形如门阙，伊水经过其间，所以称伊阙。《明史·地理志》：洛阳"西南有阙塞山，亦曰阙口山，亦曰伊阙山，俗曰龙门山"。

[2]"一山皆劈为崖……望之不可数计"句：这里所描述的是著名的龙门石窟，始凿于北魏，断续大规模营造达四百多年。现存窟龛二千一百多个，造像十万余尊，造像题记三千六百多块。

[3]摩肩接毂：人肩挤摩，车毂相碰，比喻其热闹繁盛。

译文

二十五日 向西南走了五十里，山冈忽然从中被斩断了，这里就是伊阙山。伊水从南边奔淌而来，流经山下，水的深度可以浮起载重数石货物的舟船。伊阙山山冈相连，从东往西横贯，水上架起木桥。渡过伊水一直向西，山崖变得更加危险而高耸。一座山都被劈成崖壁，整个崖壁上都雕刻着佛像。大的洞有几十个，高都有数十丈。大洞外面的峭壁直插山顶，顶上又凿着小洞，洞中都雕刻有佛像。即使是一尺一寸洞壁，也都雕满了佛像，看上去无法计算。洞的左边，泉水从山上流下来，汇聚成方形的水池，其余的则泻入伊水。伊阙山高不过百丈，但淙淙的清流却不断，这在当地很难得。山前人挤着人，车挨着车，这里是湖广、河南通往西北陕西关中的大路。我从这里取道去西岳华山。

赏析

本篇开头寥寥数语点出本次游览的缘由："余髫年蓄五岳志，而玄岳出五岳上，慕尤切。"随后，在观赏中将嵩山的太室、少室两山的特点"两室相望如双眉，然少室嶙峋，而太室雄厉称尊，俨若负康"一笔带出，随即对这两山各处著名景观以游踪为线索，做了生动细腻的描写。其中描写"从西沟悬溜而下"一段，可谓扣人心弦；段末写对峡赏月时，"今对坐之，只觉云气出没，安知身自此中来也"一句话，将作者悠闲忘我的神态尽显纸间。在登少室山时，其"不知此山（指太室）魁梧，正须止露半面；若少室工于掩映，虽微云岂宜点滓"一句话，点破正是山间气候阴晴不定才映衬出山水之美。嵩山除自然景观外，还有诸如中岳庙、嵩阳书院、少林寺等等众多著名的人文景观，以及相关的历史文化掌故，作者也都予以充分关注,并在文中娓娓道来,充分展示了这座天下名山丰富厚重的文化底蕴。文中对局部景物的刻画描写,也颇见工夫。如开头一段写圣僧池:"清泉一涵,停碧山半。山下深涧交叠,涸无滴水。下坡行涧底,随香炉山曲折南行。山形三尖攒立如覆鼎,众山环之,秀色娟娟媚人。涧底乱石一壑,作紫玉色。两崖石壁宛转,色较缜润。想清流汪注时,喷珠泄黛,当更何如也!"写天仙院白松:"鼎耸霄汉,肤如凝脂,洁逾傅粉,蟠枝虬曲,绿鬣舞风,昂然玉立半空,洵奇观也!"二十日写石淙:"水沁入胁下,从此水石融和,绮变万端。绕水之两崖,则为鹄立,为雁行;踞中央者,则为饮兕,为卧虎。低则屿,高则台,愈高,则石之去水也愈远,乃又空其中而为窟,为洞。揆崖之隔,以寻尺计;竟水之过,以数丈计。水行其中,石峙于上,为态为色,为肤为骨,备极妍丽。"写卢岩寺外飞泉:"飞泉随空而下,舞绡曳练,霏微散满一谷,可当武彝之水帘。盖此中以得水为奇,而水复得石,石复能助水不尼水,又能令水飞行,则比武彝为尤胜也。"这些景物的描写或是正面,或是侧面,或比喻,或夸张,或想象,或议论,笔法娴熟,内容丰富,文句流畅,将本已十分壮观的嵩山胜景描绘得更加多姿多彩,生动传神。

蜚狐口[1]记

杨嗣昌

作者简介

杨嗣昌（1588—1641），字文弱，自号肥翁，晚年号苦庵。湖广武陵（今湖南常德）人，明朝后期大臣、诗人。兵部右侍郎兼三边总督杨鹤之子，万历三十八年（1610）进士，崇祯十年（1637）出任兵部尚书，翌年入阁，深受崇祯皇帝信任。面对内忧外患的时局，杨嗣昌提出"四正六隅、十面张网"之策镇压农民军，同时主张对清朝议和。但他的计划未能成功，于崇祯十二年（1639）以"督师辅臣"的身份前往湖广围剿农民军。他虽然在四川玛瑙山大败张献忠，但随后被张献忠致敌战术牵制，疲于奔命。崇祯十四年（1641）张献忠破襄阳，杀襄王朱翊铭，杨嗣昌这时已患重病，闻此消息后，惊惧交加而死（一说自杀），享年五十四岁。著有《杨文弱先生集》《武陵竞渡略》《野客青鞋集》《地官集》等诗文集。

北至蔚，南至广昌，百四十里间，古蜚狐道也。近蔚三十里，名北口者，即蜚狐口。是有小署，或书一联曰："停车聊问俗，啜茗且看山。"真眼前佳景。山则如两翼分张，皆北向而色紫，暗如古铁，形坚削如指掌。残雪著肤，薄者如傅粉，滑者如凝脂，玲珑者如刻玉。徘徊久之，业已不能舍去。北入口间，得沙石细路与雪平铺。而左右山忽卓地起，如千夫拔剑露立，星攒昆吾[2]。甫[3]切之铅华，阴[4]新拭之锷[5]鼎，鼎相注射，瞪目未竟。足折须旋，敛跬将投。途穷更觅回合，万变通塞。无端拟东，忽穴壁挂西趋西[6]，或滴水钻午。如珠曲蚁穿木户，虫壃[7]四始皆迷不得路，既乃化身人无缝塔中。而其名有如独秀，则脱体一柱；有如天门，则嵌圆一镒。他类甚广，难以悉书。如此三十余里，石总无肤而有青松，产其骨际高不数尺，恒赋怪形。山桃花者，三四月开，烂熳无隙。夏结小实如弹丸，他处亦未知闻也。此时无花则雪代为媚，一皴一绺间，描写萦带，了无遗恨。噫！造物者以何工鬼，而为此山于此地。古称其险，未有称其奇者，而称其奇而载之笔，自吾始。

注释

[1] 蜚狐口：要隘名。在今河北省涞源县北蔚县南。两崖峭立，仅有一道相通，古代为河北平原与北方边郡间的交通咽喉。

[2] 昆吾：山名。据《山海经·中山经》中记载："又西二百里曰昆吾之山，其上多赤铜。"郭璞注："此山出名铜，色赤如火，以之作刃，切玉如割泥也。"唐代崔融《咏宝剑》："宝剑出昆吾，龟龙夹彩珠。"

[3] 甫：刚刚。

[4] 阴：指山的北面。

[5] 锷：刀剑的刃。

[6] 酉：指西北方向。

[7] 墐（jìn）：用泥封堵。

译文

　　向北到蔚县，向南到广昌，前后共一百四十余里，就是古代称之为的蜚狐道。靠近蔚县三十里的地方，名叫北口，就是蜚狐口。这里有一座小官署，上面有人写了一副对联："停车聊问俗，啜茗且看山。"真是眼前的美丽景物呀！这里的山就如同鸟的翅膀向两边张开，都朝向北方，呈现出一片紫色，暗淡得如同古旧的铁块，外形坚硬笔直有如手掌。山上残存的积雪，薄的地方就像搽了一层粉，冻结光滑的地方就像凝结的一层油脂，小巧玲珑的冰块就像玉雕。我徘徊了很久，已经舍不得离开了。向北进入蜚狐口，全是沙子、碎石加上雪混合在一起铺成的路。左边和右边的山忽然拔地而起，好像是无数的武士拔出宝剑，站在那里。满天的星斗都积聚在峰顶上空。薄雪刚刚融化，就像脸上的粉被抹去。北面的山像刚刚被擦拭一新的剑锋与宝鼎，相互放射着光芒，瞪起眼睛也看不到尽头！脚下刚刚转了几个弯，可是已经收敛起步伐不知往哪里走了。路走到了尽头，只好回头去寻找回来的路。可是众多道路都是通向险要的地方。莫名其妙地准备向东走，可是忽然又发现西边山壁上的洞穴，于是又折而向西北方向走下去，有时滴水积聚，那都是中午的时候。我们就像蚂蚁一样，在林木和洞穴中穿行，可是洞穴又让泥土给堵塞了，四处也找不到路，过一会儿，又像钻进了没有缝的宝塔中。有的山峰名字叫独秀峰，就像一根赤裸裸的石柱。有的山峰就像一扇天上宫殿的门，镶嵌在天空的圆形门槛上。还有许多许多，一下子很难说完。就这样走了三十多里路，一路上发现许多石头上虽然没有泥土，但却生长着青翠的松树。树都生长在石缝中，高的也不过几尺，形状都是奇奇怪怪的。山中的桃花，都在三四月开放，灿烂地绽放在一起，似乎连一丝缝隙也没有。入夏以后结的桃子很小，就像弹丸一样，别的地方也不知道听说过没有。这时候还没到开花的季节，但雪花也一样很妩媚。有的地方像皮肤上的皱纹，有的地方像布上的褶皱，像水墨画一样浓淡有致，真是没有一丝一毫的遗憾啊！哎，上天用什么样的鬼斧神工，造就了这些山，又为何将此山放在这里呢？自古以来，有人说它们很险要，但没有人说它们奇异的，而称它们奇异而记录下来的，是从我开始的。

赏析

这篇游记记叙的是河北省蔚县要隘蜚狐口。文章短小精悍但文笔灵动、描写细腻，比拟修辞丰富，是一篇融入作者非凡想象与独特视角的游记精品。文章开篇，短短两句话便点明了蜚狐道的地理位置"北至蔚，南至广昌，百四十里间，古蜚狐道也"。随即便展开了对蜚狐口的细致的刻画，"山如两翼分张""北向而色紫"，形与色一语带出，进而作者感觉还不深刻，于是又加上一句"暗如古铁，形坚削如指掌"。接着写山体，山上的积雪还没化，作者形象地比喻道："薄者如傅粉，滑者如凝脂，玲珑者如刻玉。"随即进入口隘，作者眼之所及"左右山忽卓地起"。随即的描写着实壮观，"如千夫拔剑露立，星攒昆吾。"接着又进一步描写道：薄雪刚刚融化，就像脸上的粉被抹去。北面的山像刚刚被擦拭一新的剑锋与宝鼎，相互放射着光芒。再之后又一路向前游览，作者形容行路之难时，是这样加以描绘的：就像珠子般大小的蚂蚁，在林木和洞穴中穿行，可是洞穴又让泥土给堵塞了，四处也找不到路，过一会儿，又像钻进了没有缝的宝塔中。之后，记叙了形态各异的山峰，生长在石缝中的松树、山里的桃花、山体的褶皱，描绘无不形象，文后禁不住感叹：上天用什么样的鬼斧神工，造就了这些山，又为何将此山放在这里呢？

湖心亭看雪

张岱

作者简介

张岱（1597—1679），字宗子、又名维城，晚号六休居士，号陶庵，浙江山阴（今绍兴）人，后寓居杭州，明末清初文学家、史学家。他出生仕宦世家，少为富贵公子，精于茶艺鉴赏，明亡后不仕，入山著书以终。文笔清新，时杂诙谐，作品多写山水景物、日常琐事，不少作品表现其明亡后的怀旧感伤情绪。最擅长散文，著有《琅嬛文集》《陶庵梦忆》《西湖梦寻》《三不朽图赞》《夜航船》等文学名著。又有《石匮书》，现存《石匮书后集》。

崇祯[1]五年十二月，余住西湖。大雪三日，湖中人鸟声俱绝。是日更定[2]矣，余拏[3]一小舟，拥毳衣炉火[4]，独往湖心亭看雪。雾凇沆砀[5]，天与云与山与水，上下一白。湖上影子，惟长堤一痕、湖心亭一点、与余舟一芥[6]、舟中人两三粒而已。

到亭上，有两人铺毡对坐，一童子烧酒，炉正沸。见余，大喜曰："湖中焉得更有此人！"拉余同饮。余强饮三大白[7]而别。问其姓氏，是金陵人，客此[8]。及下船，舟子喃喃曰："莫说相公痴，更有痴似相公者！"

注释

[1] 崇祯：是明思宗朱由检的年号。

[2] 更定：指初更以后。

[3] 拏：通"桡"，撑。

[4] 拥毳（cuì）衣炉火：穿着细毛皮衣，带着火炉。毳衣，细毛皮衣。

[5] 雾凇沆砀：冰花一片弥漫。雾，从天上下罩湖面的云气。凇，从湖面蒸发的水汽。沆砀，白气弥漫的样子。曾巩《冬夜即事诗》自注："齐寒甚，夜气如雾，凝于水上，旦视如雪，日出飘满阶庭，齐人谓之雾凇。"

[6] 一芥：一棵小草。

[7] 大白：大酒杯。

[8] 客此：客，做客，名词作动词。在此地客居。

译文

崇祯五年十二月，我住在西湖附近。大雪接连下了三天，湖中无论陆地上的行人，还是天上的飞鸟都没了一丝一毫的声音。这一天晚上初更之后，我撑着一只小船，穿着毛皮衣，带着火炉，独自前往湖心亭看雪。湖面上的冰花一片迷蒙,天和云和山和水,天地上下一片白茫茫。留在湖上的踪影,只有一道长堤的淡淡痕迹,湖心亭变成了一颗黑点,只余下我的一条草芥般的小舟和舟中的两三粒人影罢了。

到了湖心亭上,看见有两个人铺好毡子,相对而坐,一个小童正把酒炉里的酒烧得滚沸。他们看见我,高兴地说:"想不到在湖中还会有您这样的人!"于是拉着我一同饮酒。我勉强喝了三大杯酒,随后道别。我问他们的姓氏,他们说自己是金陵人,客居于此。等到我下船的时候,船夫喃喃地说:"不要说您痴,还有像您一样痴的人呢!"

赏析

《湖心亭看雪》是张岱收录在回忆录《陶庵梦忆》中的一篇游记小品,可以说堪与苏轼《记承天寺夜游》相媲美。这篇游记写于明王朝灭亡以后,国破家亡后的张岱难以排遣对故国的思念及"家破"的惆怅,于是便把这种思绪付诸笔墨,创作出了这篇浅淡素槁的山水游记小品。作者长期生活在杭州,对西湖的山山水水有着深厚的感情,美丽的西湖在他心目中始终是妩媚动人的,昔日的一次次游览也始终令他魂牵梦绕,难以释怀。

这篇文章描写的是崇祯五年(1632)的一个冬夜,作者泛舟湖心亭赏雪的情景,也是作者对梦中思念的西湖的生动描写。本文在表现手法上可谓独具匠心,尤其是其中对量词的巧妙运用更是极具特色。如在文中巧妙地运用了痕、点、芥、粒四个看似极为普通的量词，闲抛闲掷，竟巧妙地描摹出一幅意境深远而又素淡飘渺的写意中国画。这种借鉴了中国画散点透视和大片留白原理的创作方式，使读者很自然地在脑海中幻成"雾凇沆砀，天与云、与山、与水，上下一白"的雪西湖的场景，让读者从中去感受到一种独钓寒江雪般的宏大气场与简约之美，从而更加深刻地体会到作者深夜泛舟，湖心亭看雪的别致雅兴，由此更能看出作者驾驭语言的深厚功底，和挥洒自如、不拘一格的高超才华。

西湖七月半

张岱

西湖七月半[1]，一无可看，止可看看七月半之人。看七月半之人，以五类看之。其一，楼船箫鼓，峨冠[2]盛筵，灯火优傒[3]，声光相乱，名为看月而实不见月者，看之。其一，亦船亦楼，名娃闺秀，携及童娈，笑啼杂之，环坐露台，左右盼望，身在月下而实不看月者，看之。其一，亦船亦声歌，名妓闲僧，浅斟低唱，弱管轻丝[4]，竹肉[5]相发，亦在月下，亦看月而欲人看其看月者，看之。其一，不舟不车，不衫不帻[6]，酒醉饭饱，呼群三五[7]，跻[8]入人丛，昭庆、断桥[9]，嚣呼嘈杂，装假醉，唱无腔曲，月亦看，看月者亦看，不看月者亦看，而实无一看者，看之。其一，小船轻幌，净几暖炉，茶铛[10]旋煮，素瓷静递[11]，好友佳人，邀月同坐，或匿影[12]树下，或逃嚣[13]里湖，看月而人不见其看月之态，亦不作意看月者，看之。

杭人游湖，巳出酉归，避月如仇。是夕好名[14]，逐队争出，多犒门军酒钱。轿夫擎燎[15]，列俟[16]岸上。一入舟，速舟子急放断桥，赶入胜会。以故二鼓以前，人声鼓吹，如沸如撼，如魇如呓，如聋如哑。大船小船，一齐凑岸，一无所见，止见篙击篙，舟触舟，肩摩肩，面看面而已。少刻兴尽，官府席散，皂隶喝道去。轿夫叫，船上人怖以关门，灯笼火把如列星，一一簇拥而去。岸上人亦逐队赶门，渐稀渐薄，顷刻散尽矣。

吾辈始舣[17]舟近岸，断桥石磴[18]始凉，席其上，呼客纵饮。此时月如镜新磨，山复整妆，湖复颒面[19]，向之浅斟低唱者出，匿影树下者亦出。吾辈往通声气[20]，拉与同坐。韵友[21]来，名妓至，杯箸[22]安，竹肉发。月色苍凉，东方将白，客方散去。吾辈纵舟酣睡于十里荷花之中，香气拍人，清梦甚惬。

注释

[1] 西湖：即今杭州西湖。七月半：农历七月十五。

[2] 峨冠：头上戴着高冠，此指达官显贵。

[3] 优僆（xī）：优伶和仆役。

[4] 弱管轻丝：谓轻柔的管弦音乐。

[5] 竹：指乐器之声。肉：指喉咙发出的歌声。

[6] 不舟不车，不衫不帻：不坐船，不乘车；不穿长衫，不戴头巾，此处指随便放荡。帻（zé），头巾。

[7] 呼群三五：呼唤朋友，三五成群。

[8] 跻（jī）：通"挤"。

[9] 昭庆：古寺名，在西湖东北岸。断桥：即西湖断桥，位于杭州北里湖和外西湖的分水点上，一端跨着北山路，另一端接通白堤。

[10] 茶铛（chēng）：温茶的一种器具。

[11] 素瓷静递：素雅的瓷杯静静地传递。

[12] 匿影：藏身。

[13] 逃嚣：逃避喧嚣。

[14] 是夕好名：七月十五这天夜晚，人们喜欢这个名目。名，指"中元节"的名目，等于说名堂。

[15] 擎：举。燎：火把。

[16] 列俟（sì）：排队等候。

[17] 敔（yǐ）：通"移"。

[18] 石磴（dèng）：石头台阶。

[19] 頮（huì）面：洗脸。

[20] 往通声气：过去打招呼。

[21] 韵友：诗友。

[22] 箸（zhù）：筷子。

译文

西湖七月半的时候，实在没有什么可看的，只能够看看七月半来西湖看景的人。来西湖看七月半的人，可以分五类。其中一类，坐在有雕饰的楼船上，吹箫击鼓，戴着高冠，摆上盛宴，灯火通明，优伶、仆从相随，曲声与灯光相互交杂，名义上为看月而实际上这些人并没有去看月，可以看看这一类人。有一类，或是坐在游船上，或是坐在游船的船楼上，带着有名的美人和贤淑的女子，还有俊俏的童子，嬉笑和叫喊声交杂，环坐在大船前的露台上，左盼右顾，置身在月下却并没有赏月的人，可以看看这一类人。有一类，也坐着船，也有音乐和歌声，跟着有名的歌伎、闲散的僧人一起，慢慢地喝酒，淡淡地吟唱，箫笛、琴瑟之声轻柔细缓，箫管伴着歌声缓缓飘至，也是置身在月下，也在观赏月亮，而又希望别人看他赏月，这样的人，可以看看这一类人。又一类，不坐船不乘车，不穿长衫也不戴头巾，喝足了酒吃饱了饭，吆五喝六地喊上三五个人，然后挤入人群，在昭庆寺、断桥一带喧闹叫嚷，佯装大醉，哼着不成曲调的小曲，月也看，看月的人也看，不看月的人也看，而实际上什么也没有看见的人，可以看看这一类人。还有一类，乘着挂有细纱帏幔的小船，茶几洁净，茶炉温热，茶铛的水快要烧开了，素白的瓷碗轻轻地在手中传递，约了好友、美女，邀请月亮和他们共坐，有的藏匿在树影下，有的为逃避喧闹而去了里湖，尽管在看月，而人们看不到他们看月的样子，他们自己也不刻意去观赏月光，这样的人，可以看看。

  杭州人游西湖，上午十点左右出门，下午六点左右回来，躲避月亮像躲避仇人似的。这天晚上爱慕虚名，一群群的人争着出城，多赏给守城门的小卒一些小费，轿夫高举火把，在岸上列队等候。一上船，就催促船家迅速把船划到断桥，赶去参加这赏月的盛会。因此二鼓以前人声和鼓乐声恰似水波涌腾、大地震荡，又好似梦魇和呓语，周围的人们，像聋子一样既听不到别人的说话声；又像哑巴一样，无法让别人听到自己说话的声音；这时，大船小船一齐向岸边靠去，非常拥挤，什么也看不到，只看见船篙击打着船篙，船挨着船。肩膀摩着肩膀，脸对着脸而已。过了一会儿，兴致尽了，官府的宴席已经散了，由衙役喝喊着去开道。轿夫招呼船上的人，以关城门来恐吓他们，好让他们早早归去，灯笼和火把像星星，一一簇拥着回去。岸上的人也一批批急忙赶往城门，人群慢慢散开，不久就全部散去了。

　　这时，我们才把船靠近湖岸。断桥上的石头台阶这也才凉了下来，于是在上面摆好酒席，招呼客人开怀畅饮。此时月亮像一面铜镜，刚刚磨过似的，光洁明亮，山峦重新整理了容妆，湖水重新洗洁面目。原来慢慢喝酒、轻声歌唱的人出来了，隐匿在树影下的人也出来了，我们过去和他们打招呼，拉来同席而坐。诗友们来了，有名气的歌伎也来了，杯筷摆放好，乐曲与歌声一齐出现。直到月色变得灰白清凉，东方即将现出鱼肚白时，客人们才散去。我们这些人将船划进十里荷花丛中酣畅入睡，花香飘绕于身边，清梦真是舒适。

赏析——————————

　　农历七月半，正是天高月圆之时，此时来游览西湖，可谓是赏月佳期，可本文的开头却说"一无可看"，让人颇感突兀，随后接着说"止可看看七月半之人"，这种从反面入题，以独特的视角来抒写自己的观感的游记散文，可谓是种创新。随后，引接上文契入到"看七月半之人"这一话题，那么如何来看呢？于是，作者将那游览的万千游人划分为五类，第一类人是假冒风雅的官僚；第二类人是无意风雅的豪门；第三类人则是欲显风雅却不免做作的江湖闲人；第四类人是不知风雅为何物的市井之徒；第五类人是不欲彰显风雅却是真正风雅的文人雅客。五类人，依次写来，可谓神态各异，境界不同。文章至此，作者仍然没有正面点题，而是又掉转笔锋，倒叙起杭州人西湖看月的场景。这一段的写法和上文精雕细琢的写法不同,主要采用概括、渲染的写法。其中"如沸如撼,如魇如呓,如聋如哑""篙击篙,舟触舟,肩摩肩,面看面"数句,尤其形象逼真;而"逐队争出""列俟岸上""少刻兴尽""顷刻散尽"等数语,又极为传神。随后,文章经过铺垫、渲染之后,才开始正写作者自己游湖赏月的情景。唐镜、整妆、颜面,这几处描写可谓生动形象、逼真地描画出月色、山容、水光,使人恍惚觉得:此时月下的西湖、孤山,宛如凌波仙子,"新""复""复"三字,则包含了作者对那些肆意亵渎、怠慢西湖七月半美景者的愤恨与谴责。

本文巧妙之处在于以看月为中心,而层层展开的各种对比。第一、二段与第三段之间是大对比;第一段中五类人看月又有对比;第二段中,逐队争出与逐队赶门、赶入胜会与少刻兴尽,也是对比;第三段里,客方散去与吾辈纵舟酣睡于十里荷花之中,还是对比。其中有雅俗、闹静、高下的差别。通过这些对比,生动、形象地将各种人看月的态度、方式、情趣揭示了出来。这样写,使文章既富有变化,又条理清晰。全文笔墨虽集中在描绘市井的描绘之中,但文章的重心却落在作者的意趣上,并且不染一丝俗气,不是胸襟广阔,是写不得如此超拔之文的。

白洋[1]潮

张岱

故事[2]，三江[3]看潮，实无潮看。午后喧传[4]曰："今年暗涨潮。"岁岁如之。庚辰[5]八月，吊朱恒岳少师[6]至白洋，陈章侯、祁世培[7]同席。海塘上呼看潮，余遄往[8]，章侯、世培踵至。立塘上，见潮头一线从海宁[9]而来，直奔塘上。稍近，则隐隐露白，如驱千百群小鹅擘翼[10]惊飞。渐近，喷沫溅花，蹴起[11]如百万雪狮，蔽江而下，怒雷鞭之，万首镞镞[12]，无敢后先。再近，则飓风逼之，势欲拍岸而上。看者辟易[13]，走避塘下。潮到塘，尽力一礴[14]，水击射，溅起数丈，著面皆湿。旋卷而右，龟山[15]一挡，轰怒非常，炝碎龙湫[16]，半空雪舞。看之惊眩，坐半日，颜始定。

先辈言浙江潮头，自龛、赭[17]两山漱激[18]而起。白洋在两山外，潮头更大，何耶？

注释

[1] 白洋：山名，在绍兴西北，滨海，潮起时远望如龟出没于水中，

所以又名龟山。

[2] 故事：旧例，旧俗。

[3] 三江：俗名三江口，在今绍兴市东北40里浮山北麓，曹娥江口西。

[4] 喧传：喧闹传言。

[5] 庚辰：明崇祯十三年（1640）。

[6] 吊朱恒岳少师：朱恒岳即朱燮元（1566-1638），字恒岳，浙江绍兴人。万历二十年进士，崇祯中进少师。死在官任上，谥号襄毅。

[7] 陈章侯、祁世培：陈洪绶，字章侯，号老莲，晚号悔迟。浙江诸暨人。明清之交著名画家。祁世培，字海槎。两人均是作者的朋友。

[8] 遄（chuán）往：急速前往。

[9] 海宁：浙江属县，南临杭州湾，是观潮胜地。

[10] 擘（bò）翼：展翅。

[11] 蹙（cù）起：聚拢卷起。

[12] 镞镞（zú）：同"簇簇"，形容浪头聚集涌动的样子。

[13] 辟易：惊退。

[14] 礴：这里是冲击的意思。

[15] 龟山：即白洋山，又名乌凤山，在绍兴西北50里，滨海。

[16] 炮碎龙湫：上有瀑布下有深潭称为龙湫，这里是指雁荡山瀑布。此句是说潮水像雁荡山的龙湫瀑布般轰碎。

[17] 龛（kān）、赭（zhě）：龛山在萧山东南，赭山在海宁西南，二山对峙，相距五里，扼钱塘江入海口。

[18] 漱激：冲刷激荡。

译文

　　按照旧俗,在三江镇看江潮,其实没有潮水可看。午后吵吵嚷嚷,有人传说:"今年是暗涨潮!"年年都这样。庚辰年八月,我到白洋吊奠朱恒岳少师,好友陈章侯、祁世培同行作陪。忽然,海塘上有人大声呼喊看潮了,我急忙前往观看,章侯、世培接踵而至。

　　站在海塘上,远远地看见潮头像一条白线,从海宁方向奔腾而来,直奔塘上。稍稍靠近了,潮头隐隐约约的露出一片白色,如同驱赶着千百群小鹅展开翅膀,惊恐地飞奔而来。渐渐越来越近了,潮水喷着泡沫、溅起水花,涌起的潮水像百万头白色雄狮,将大江都遮蔽了,奔腾而下,好像有狂雷鞭打似的,百万头狮子攒聚在一起,没有一头不争先恐后的。再靠近些,狂风这时逼来,水势好像要拍打着冲上堤岸。看的人惊慌后退,跑到塘下躲避。潮到了塘上,尽力一撞,水花四面击射开去,溅起几丈高,堤岸都被打湿了。潮水旋转着向右而去,被龟山挡住了,轰隆隆的声响好似非常愤怒似的,潮水像雁荡山的龙湫瀑布被轰碎了一般,雪白的浪花在半空中飞舞。看了心惊目眩,坐了半天,才镇定下来。

　　先辈说浙江的潮头,从龛、赭两座山冲刷激荡而起。白洋在这两座山之外,潮头却更大,这是为什么呢?

赏析

　　钱塘江口外形酷似一只喇叭,外阔内窄,所以海潮从杭州湾外铺天盖地涌来时，会越往里推浪潮越急。这时与东下急落的江水相冲撞，最终形成汹涌澎湃的钱塘江大潮，这一天下奇观。

　　作者通过亲临三江镇海塘之上，以细致的观察，多变的视角，将钱塘江大潮，按初起、稍近、渐近、再近，直至为山所阻的全部过程生动鲜明地描绘出来。同时在描写时通过对湖水的形状、色彩、声音、气势、力量以及观潮者的举动、心理细致刻画，将钱塘江大潮这一天下奇观跃然纸上。此外作者在形象比喻上可谓出神入化，如：写海潮从天际涌来，如驱千百群小鹅；写海潮与江水相激荡，则如百万雪狮为巨雷所震。在听觉方面，写潮水拍击龟山时轰怒非常，雷霆万钧，惊天动地。这样一幅可视、可听的观潮画卷跃然纸上，读后使人有身临其境之感。另外，作者在用笔上酣畅淋漓，简洁明快，且在意境的构造上却极为精准，创造出了气势逼人的艺术效果。

芙蕖

李渔

作者简介

李渔（1611—1680），原名仙侣，字谪凡，中年改名李渔。南直隶雉皋（今江苏如皋）人。明末清初著名剧作家和戏剧理论家。李渔出身于富足之家。其后由于在科举中失利，于是绝意仕途，毅然改走"人间大隐"之道。康熙五年（1666）和康熙六年（1667）先后获得乔、王二姬，李渔在对其进行细心调教后组建了以二姬为台柱的家庭戏班，常年巡回各地为达官贵人作娱情之乐，收入颇丰，这也是李渔一生中生活最得意的一个阶段，同时也是李渔文学创作中最丰产的一个时期，《闲情偶寄》一书就是在这一段内完成并付梓的。后来，随着乔、王二姬的先后离世，支撑李渔富足生活的家庭戏班也土崩瓦解了，李渔的生活从此转入了捉襟见肘的困顿之中，经常靠举贷度日，1680年，古稀之年的李渔于贫病交加中溘然长逝。著有《笠翁十种曲》《十二楼》《闲情偶寄》《笠翁一家言》等。还批阅《三国志》，改定《金瓶梅》，倡编《芥子园画谱》等，是中国文化史上不可多得的一位艺术天才。

芙蕖与草本诸花似觉稍异，然有根无树，一岁一生，其性同也。谱云："产于水者曰草芙蓉，产于陆者曰旱莲。"则谓非草本不得矣。予夏季倚此为命者，非故效颦[1]于茂叔[2]而袭成说于前人也，以芙蕖之可人，其事不一而足，请备述之。

群葩当令时，只在花开之数日，前此后此皆属过而不问之秋矣。芙蕖则不然，自荷钱[3]出水之日，便为点缀绿波。及其茎叶既生，则又日高日上，日上日妍。有风既作飘摇之态，无风亦呈袅娜之姿，是我于花之未开，先享无穷逸致矣。迨至菡萏[4]成花，娇姿欲滴，后先相继，自夏徂[5]秋，此则在花为分内之事，在人为应得之资者也。及花之既谢，亦可告无罪于主人矣；乃复蒂下生蓬，蓬中结实，亭亭独立，犹似未开之花，与翠叶并擎，不至白露为霜而能事不已。此皆言其可目者也。

可鼻，则有荷叶之清香，荷花之异馥[6]；避暑而暑为之退，纳凉而凉逐之生。

至其可人之口者，则莲实与藕皆并列盘餐而互芬齿颊[7]者也。

只有霜中败叶，零落难堪，似成弃物矣；乃摘而藏之，又备经年裹物之用。

是芙蕖也者，无一时一刻不适耳目之观，无一物一丝不备家常之用者也。有五谷之实而不有其名，兼百花之长而各去其短，种植之利有大于此者乎？

予四命之中，此命为最[8]。无如酷好一生。竟不得半亩方塘为安身立命之地，仅凿斗大一池，植数茎以塞责，又时病[9]其漏，望天乞水以救之，殆所谓不善养生而草菅其命者哉。

注释

[1] 效颦：效仿。
[2] 茂叔：即周敦颐，字茂叔，著有《爱莲说》。
[3] 荷钱：初生的小荷叶。
[4] 菡萏（hàn dàn）：未开的荷花。
[5] 徂：往，到。
[6] 异馥：特别的香味。
[7] 互芬齿颊：意为莲花、莲藕都使人口中生香。齿颊，牙齿和脸颊。
[8] 予四命之中，此命为最：李渔《笠翁偶集·种植部》："予有四命，各司一时：春以水仙、兰花为命，夏以莲为命，秋以秋海棠为命，冬以腊梅为命。无此四花，是无命也。"
[9] 病：名词的意动用法，以……为苦。

译文

芙蕖和一些草本的花卉好像有些不同，然而它有根却没有木本的树干，是一年生的植物，这些性质和草本又是相同的。花谱中说："生在水里的叫草芙蓉，在陆地上生长的叫旱莲。"那么就不能说芙蕖不是草本了。我喜爱芙蕖，在夏天靠它才能活下去，我不是故意效仿周敦颐，抄袭前人说过的话，以芙蕖的可爱之处，它的长处不是两句话就可以说尽的，请让我详细地说来。

在众多奇花开放的时节，只在花开的那几天，在此以前、以后都属于无人问津的时候。芙蕖就不是这样：自从初生的小荷叶出水那一天，便把水面点缀得一片碧绿；等到它的茎和叶长出之后，则又一天高似一天，一天美似一天。有风的时候就做出飘摆的姿态，没风的时候也会呈现出婀娜的风姿。这样，我在花未开的时候，便先享受它那无穷的飘逸与美丽了。等到花蕾开花，妖艳的姿态简直要滴出水来，一朵朵争先恐后地开放，从夏天一直开到秋天，这对于花来说是它的天性所致，对于人来说就是难得的享受了。等到花儿凋谢了，也可以告慰自己的主人，没有什么过错的地方了；等到花蒂下生出莲蓬，莲蓬中结了果实，一枝枝亭亭玉立，还像没开过的花一样，与翠绿的叶子一起屹立着，不到白露节下霜的时候，它的生长不会停止，以上这些说的都是眼睛能够看到的地方。

  适宜鼻子的地方，还有荷叶的清香和荷花的异香；用它来避暑，暑气就因它而减退；用它来纳凉，凉气就因它而渐渐产生。

  至于它入口品尝的地方，就是莲籽和藕都可以放入盘中，一齐放到餐桌上，使人满口美味、满脸芬芳。

  只有被霜打过的枯叶，飘零在地极不好看，看似成了没用的废物，但是把它摘下来贮藏起来，又可以在明年用来裹东西。

  你看芙蕖这种东西，没有一时一刻不适于人们耳目观赏的，没有一处地方不能供家常日用。它有五谷的实质而不用占有五谷的名义，兼有百花的长处而摒弃了它们的短处。还有比种植这种花儿得到的利益大的吗？

  我视为生命的四种花草中，以芙蕖最为宝贵。可惜酷爱了它一生，却不能得到半亩水塘作它安身立命的地方。只是挖了个斗大的小水池，栽几株来安慰自己，又时常为小水池漏水而忧虑，祈求上天降雨来拯救它，这大概就是人们所说的，不善于养护生命而把它的生命当作草芥一样作贱吧。

赏析

芙蕖，又名莲花，它姿质超群，美丽芬芳，因此不仅为人们所喜爱，而且自古便博得诸多文人墨客的赞美。其中，最脍炙人口的便要属周敦颐的《爱莲说》和李渔的这篇《芙蕖》了。《芙蕖》全篇以"可人"为线索，详述了芙蕖的可目、可鼻、可口、可用四个方面。而芙蕖最引人注目的自然是它美丽的外形，所以作者在这方面也是用笔墨最多。芙蕖与诸"群葩"相比，具有生长期长的特点，作者详尽而有层次地描绘了芙蕖由初生到结实的不同形态，既准确再现了芙蕖各生长期的特征，又将莲花"中通外直，不蔓不枝，香远益清，亭亭净植"的特性展现得淋漓尽致，在作者笔下，芙蕖自夏徂秋，无时不美。接下来，作者依次叙述了芙蕖的可鼻——"有荷叶之清香，荷花之异馥"；可口——"莲实与藕皆并列盘餐"；可用——连"霜中败叶"亦可"备经年裹物之用"。拥有这许多好处，芙蕖之"可人"自不言而喻。作者对芙蕖是爱如生命般的"予夏季倚此为命者"，"予四命之中，此命为最"。可爱荷如此深重的李渔，"竟不得半亩方塘为安身立命之地"，只能"凿斗大一池"，聊植数茎，"草菅其命"，这不能不使人在感叹他的一片痴心无所寄托的同时，也为他蹇塞困顿的身世遭遇而深深感叹。

本文在描写技法上，显示出精湛的技巧。如形神兼备的描写，详略有致的记叙，画龙点睛的议论，恰到好处的抒情，这些完全打破了说明文的一般格局和写法。再加上严谨的结构，精妙的语言，灵活的修辞，更使得文章生动活泼，文采斐然。